Rolf Ulrici
Raumschiff Monitor startet ins Weltall

Das hätten sich die vier Jungen, das Mädchen Tati und ihr neuer Freund Superhirn, die am Golf von Biskaya zelten, nicht träumen lassen: daß sich ihr gemütliches Ferienleben unversehens in ein aufregendes Weltraumabenteuer verwandeln würde!

Es scheint böse zu enden, als sie von den Raumpiraten, die sie verfolgen, angegriffen werden. Denn die letzte Verbindung zur Bodenstation, auf die sie angewiesen sind, fällt aus...

Rolf Ulrici

Raumschiff Monitor startet ins Weltall

W. Fischer-Verlag · Göttingen

Wissenschaftliche Beratung DR. WALTER BAIER

Illustriert von FRANZ REINS

Dieser Sammelband enthält:
Geheimer Start
Verfolgungsjagd im Weltall

CIP-Kurztitelaufnahme der Deutschen Bibliothek
Ulrici, Rolf
Raumschiff Monitor startet ins Weltall. —
Neuausg. — 1. Aufl. — Göttingen : Fischer, 1979.
  (Göttinger Fischer-Buch)
  ISBN 3-439-79815-1

© 1979 by W. Fischer-Verlag, Göttingen
Alle Rechte vorbehalten
Gesamtherstellung: Fischer-Offset-Druck, Göttingen

Inhalt

Start ins Abenteuer	7
Superhirn	14
Unheimliches Hochmoor	25
Die unsichtbare Falle	40
Professor Charivari	50
„Lauft um euer Leben!"	63
Das Geheimnis der alten Hütte	70
„Monitor"	80
Tolle Ferien	95
Alarm im All	110
Großeinsatz im Hochmoor	119
„Hilfe, wir schweben!"	134
Verirrt im All?	148
Das Raumschiff löst sich auf	157
Geheimer Start von Basis 2	165

Hinweis für den Leser:

Alle im Text schräggedruckten technischen Fachausdrücke findest Du am Schluß des Buches erklärt. Dort erfährst Du auch, ob es die beschriebenen technischen Vorgänge und Geräte wirklich gibt oder ob sie noch „Zukunftsmusik", das heißt ausgedacht sind.

Start ins Abenteuer

„Hier dürft ihr nicht baden", sagte Herr Bertrand zu seinen Kindern. Sein Zeigefinger glitt über die Landkarte: „Dieser Teil der Küste, ob Strand, ob Klippen, ist gesperrt!"

Henri machte ein langes Gesicht. Gérard konnte es ihm nicht gleichtun, da sein Kopf rund wie ein Fußball war. Prosper zog eine „Schluppe", das heißt, er ließ die Mundwinkel hängen.

Die zwölfjährige Tatjana, genannt Tati, maulte: „Schade, ausgerechnet da ist's schön leer. Ich hätte dort so gerne meine Ballettübungen gemacht."

Der kleine Micha hielt sich die Ohren zu und stampfte mit dem Fuß auf. „Quatsch, Quatsch, Quatsch!" rief er. „Ich will als Indianer zelten und mag nicht sehen, wie Tati Ballett übt! Sie soll überhaupt nicht mit! Wir geben sie einem Zirkus und kaufen uns dafür ein großes Lagerfeuer!"

Tati nahm dem vier Jahre jüngeren Bruder die Hände von den Ohren: „Mein Ballett ist kein Quatsch", zürnte sie. „Außerdem: Kennst du einen Supermarkt, in dem man ein ‚großes Lagerfeuer' kaufen kann?"

Alle lachten.

Auch Herr Bertrand schmunzelte. Er hatte Verständnis für seine Kinder. Obwohl „seine" Kinder gar nicht seine Kinder waren. Bertrand und Frau leiteten an der Biskaya ein Ferienlager, in dem es von Jugendlichen aus aller Welt wimmelte.

Henri, Gérard, Prosper, Tati und Micha hatten keine Unterkunft mehr gefunden, weil die Gendarmerie nur zehn Prozent Überbelegung duldete.

Und die Gendarmerie machte keine Ausnahme — weder mit dem großen 13 Jahre alten Henri und seiner tanzenden Schwester Tati noch mit dem frechen kleinen Bruder Micha oder mit Henris gleichaltrigen Schulfreunden Gérard und Prosper.

Die fünf waren übrigens nicht die einzigen, die abgewiesen worden waren. Doch gerade sie hatten die Bertrands in ihr Wohnhaus genommen: Micha und sein Zwergpudel Loulou taten ihnen leid.

Nach wenigen Tagen sagte Frau Bertrand zu ihrem Mann: „Hör mal, Bertrand, der Größte, dieser Henri, ist sehr gewissenhaft."

„Sehr!" nickte Herr Bertrand.

„Er sorgt für die anderen wie ein kleiner Vater oder ein kleiner Onkel!"

„Vielleicht noch wie ein kleiner Großonkel", lachte Herr Bertrand.

„Ich will auf etwas anderes hinaus", fuhr die Frau unbeirrt fort. „Henri fühlt sich nicht wohl in seiner Rolle. Er will mit den anderen nicht im Hause bleiben. Schließlich sind Ferien. Henri möchte mit ihnen am liebsten irgendwo am Strand zelten. Abseits von den anderen."

„Verboten!" erklärte Bertrand.

„Nicht im Hochmoor vom Bauern Dix", sagte die Frau. „Da kommt keiner hin, das ist abgezäunt; und in der Ruine gibt's immer frisches Quellwasser."

„Ich werde den Bauern Dix fragen, ob er die Bande im Hochmoor zelten läßt", sagte Herr Bertrand.

„Nicht nötig", erwiderte die Frau. „Er hat's schon erlaubt. Ich habe ihn heute auf dem Fischmarkt in Marac getroffen."

„So! Und daraufhin hast du den Kindern wohl auch schon erlaubt...", begann Herr Bertrand.

„Gewiß!" nickte seine Frau. „Du warst ja den ganzen Tag im Ferienlager."

„Gut", seufzte der Mann. „Sollen die fünf ihr Vergnügen haben. Aber ich muß sie gründlich ermahnen..."

So kam es, daß Herr Bertrand noch am gleichen Abend mit den Kindern über ihr Vorhaben sprach.

„Und wir dürfen weder an den Strand noch auf die Klippen?" fragte Tati.

„Bei den Heulenden Steinen, wie sie heißen, ist's zu gefährlich", erklärte Herr Bertrand. „Wer da runterfällt, wird von der Brandung zerschmettert. Und der Flachstrand ist für Badende wegen des Sogs gesperrt!"

„Sog?" fragte Micha großäugig. „Ist das ein Tier, das Leute frißt?"

„Jetzt meinst du das Ungeheuer im schottischen Loch Ness", sagte Herr Bertrand. „Nein, nein. Sog ist die rückflutende Tiefenströmung. Sie zieht den Menschen in den Tod."

„An einen Todesstrand gehen wir nicht", sagte Henri stirnrunzelnd. „Ich kann mir was Schöneres vorstellen. Zelten wir im Hochmoor! Frau Bertrand sagt, da hat man von früh bis spät Sonne und kann sich dunkelbraun braten lassen. Ihr habt einen riesigen Fußballplatz, könnt eure Modellflugzeuge ausprobieren oder wie die Prärieindianer leben. Gérard, du hast die Reisekasse! Morgen früh kaufen wir ein, was wir noch alles brauchen!"

Am folgenden Nachmittag fuhr Herr Bertrand die ganze Bande mit Sack und Pack ins Hochmoor.

Die Ruine, vor der sich Micha ein wenig gefürchtet hatte, war kein gespenstisch-riesiger Bau, sondern der klägliche Rest einer Bruchsteinkapelle. Einst war sie dort wohl errichtet worden, weil an der Stelle ein kristallklares Quellchen entsprang. Das Wasser sickerte heute über eine Steinrinne, verlor sich dann aber im Gelände.

„Hier ist ein guter Platz", meinte Herr Bertrand. Er half beim Aufstellen des Dreierzeltes für Henri, Gérard und Prosper und des Zweierzeltes für Tati und den kleinen Micha. Wenn man den letzten beiden Loulou, den schwarzen Zwergpudel, hinzurechnete, war das Zweierzelt natürlich auch ein Dreierzelt. Doch Gérard meinte grinsend: „Micha und Loulou sind sowieso nur halbe Portionen!"

Herr Bertrand fuhr ab, um sich dem großen Ferienlager zu widmen.

Vor Freude über die gewonnene Freiheit außer sich, tobten die fünf mit Loulou um die Zelte herum.

Plötzlich ertönte eine schaurige Stimme:

„Wer stört mich hier? Wer stört mich hier?"

„I-i-in d-d-der Ru-ru-ruine ...", stammelte Micha. Er warf sich mit dem Gesicht nach unten zu Boden. Das letzte teilte er den Gräsern mit: „Da i-i-ist ein G-g-geist — ich hab's geahnt!"

Waff! machte Loulou. Waff, waff ...

Henri blickte unerschrocken hoch, Tati stemmte die Fäuste in die Seiten, Gérard und Prosper hatten Konservendosen in der Hand, um nach dem Geist zu schmeißen.

Der Geist war ein spindeldürrer Junge mit flachsblondem Haar und einer riesigen Brille. Er saß auf dem Rand der breiten Mauer und äugte mißfällig auf die fünf und den Pudel herunter.

„He!" rief Henri. „Wo kommst du denn her?"

„Aus meiner Heimatstadt — genau wie ihr", sagte der Spindeldürre. Er sprach jetzt mit normaler Stimme. „Was ich hier will? Zelten! Ich hab meinen Bau in der Ruine. Und meine Bibliothek!"

„Deine was ...?" fragte Tati.

„Na, rate mal, was eine Bibliothek ist", lachte der Junge. „Das weiß doch jeder Bücherwurm und jede Spinne!"

„Ach so", meinte Gérard. „Du hast dich verkrochen, um in Ruhe Krimis zu lesen?"

„Ich lese was über Solarkonstante."

„Was für 'ne Tante?" krähte Micha.

Der spindeldürre Junge beachtete den Kleinen nicht. „Außerdem hab ich was über Druckschleusen, Koppelmechanismus, Antriebseinheiten — und ähnliche Kinderbücher", fuhr er höhnisch fort.

„Ein Verrückter!" bemerkte Prosper.

„Nimm deine Brille ab!" schrie Gérard.

„Warum?"

„Ich will dir meinen Fußball an den Kopf schießen, damit du normal wirst!"

„Wir holen ihn runter und vermöbeln ihn", entschied Henri. „Dann verjagen wir ihn mitsamt seiner komischen Bibliothek!"

„Bin auch dafür!" rief Tati kriegerisch.

Prosper ließ seine Muskeln spielen, und Gérard fauchte vor Eifer. Waff! machte der Pudel Loulou.

„Haut ihn!" krähte Micha.

„Haaalt", sagte der spindeldürre Junge auf der Mauer. „Hört mich erst an. Kommt in die Ruine und seid meine Gäste. Ich mache euch etwas vor. Geht nur um die Ruine herum, da ist der Eingang! Ihr seid doch nicht etwa feige?"

Feige wollte selbst der kleine Micha nicht sein.

Im Inneren des verfallenen kleinen Gebäudes sahen sie ein einfaches Zelt. Der Junge war von der Mauer heruntergekommen. Er begrüßte die fünf mit Handschlag. „Marcel, mein Name. Alter: vierzehn. Beruf: Schüler. Mein Hobby: Raumfahrttechnik."

„Also, ich hab ja schon viele Irre gesehen", empörte sich Tati. „Aber ein Junge, der in einer alten Ruine Raumfahrtforschung betreibt, ist mir noch nicht vorgekommen! Los, wir verhauen ihn gleich und jagen ihn davon!"

„Warte doch erst mal, was er zu bieten hat", sagte Gérard neugierig.

Der Spindeldürre holte einen Stoß Bücher aus seinem Zelt.

„Diese Papierschwarten?" rief Henri enttäuscht. „Das soll alles sein . . .?"

„Das ist viel", sagte Marcel. „Ich kann in 60 Sekunden 1 290 Wörter lesen. Macht mir das einer nach?"

„In 60 Sekunden . . ." Tati überlegte. „Du hast ja einen Knall! Das kann kein Mensch!"

„Ich kann es", lächelte Marcel. „Schlagt eins von den zehn Büchern auf. Gebt mir zwei Seiten zu lesen, und seht auf die Uhr, wie lange ich dazu brauche. Ich wiederhole den Inhalt!"

„Du kannst alles auswendig", vermutete Prosper.

„Zehn Bücher auswendig?" Marcel lächelte noch immer.

Henri entschied: „Wir machen die Probe. Wenn er uns veralbert, kriegt er Kloppe!" Er griff nach einem der Bücher. „Ich schlage es einfach irgendwo auf. So. Hier hast du's; Marcel! Nun zeig uns deine Kunst! Gérard, wo ist die Stoppuhr?"

„Schon in meiner Hand", grinste der Freund. „Und ich drücke zu, darauf könnt ihr euch verlassen!"

„Zwei Seiten sind gerade 1 290 Wörter, das weiß ich natürlich", erklärte Marcel. „Was sie enthalten, weiß ich jetzt noch nicht!"

„Los!" befahl Gérard. Er blickte mit Stielaugen auf die Stoppuhr, während der dürre Junge wie rasend las. Er bewegte die Lippen nicht, doch seine Augen flitzten von links nach rechts, von rechts nach links, von links nach rechts . . .

„Noch zehn Sekunden", mahnte Gérard, „noch fünf Sekunden — Schluß!"

Henri riß dem Schnelleser rasch das Buch aus der Hand und blickte hinein. „Nun, was steht auf den Seiten, Marcel?"

Marcels Worte knatterten wie Geschosse aus einer Maschinenpistole: „Die Masse des Mondes ist 81mal geringer als die der Erde. Die Entfernung beträgt zwischen 363 300

Kilometer und 405 500 Kilometer. Im Jahr 1840 machte ein Amerikaner das erste Mondfoto — seitdem ließ der Gedanke die Forscher nicht los, Raumschiffe zu bauen, um auf dem Mond zu landen. Seine Oberflächentemperatur auf der Tagseite mißt 58 bis 101 Grad."

„Halt!" schrie Tati. „Mensch — hast selber 'ne Oberflächentemperatur von 101 Grad! Wie soll man die Zahlen behalten? Hör auf, hör auf, du hast gewonnen!"

„Kannst du auch aus anderen Büchern Texte mit Zahlen so schnell wiederholen?" staunte Henri.

„Kinderleicht!" entgegnete der dürre Junge. „Das kommt vom sogenannten *dynamischen Lesen!*"

„Wovon . . .?" Gérards rundes Gesicht schien sich nun doch in die Länge zu ziehen. „Dy-dy-dynamisches Lesen? Blödsinn! Man liest laut oder leise, man liest anderen was vor . . ."

„Und man liest neuerdings auch dynamisch", zwinkerte der spindeldürre Marcel. „Das ist keine Zauberei, sondern Methode — eine besondere Art zu lesen. Aber ich will euch nicht langweilen. Also — habe ich nun bei euch Familienanschluß?"

„Klar, du dynamische Tüte!" rief Henri. „Ich bin der Papa. Das ist meine Schwester Tati, Ballettprinzessin. Der Grashüpfer heißt Micha — unser Bruderherz! Und Gérard und Prosper sind Schulfreunde, einer immer dümmer als der andere!"

„Schmeichelhaft für die beiden", grinste Marcel. „Und das vierbeinige Wesen ist ein Zwergpudel, wenn ich nicht irre?"

„Er ist einer, obwohl er es selber nicht weiß", lachte Henri. „Marcel, du darfst jederzeit an unserem Lagerfeuer sitzen! Tati wird für dich mitkochen!"

„Ich bin auch ein Küchenmeister", behauptete der dürre Junge. „Aus Chlorophyll und Meersalz mach ich euch Pfannkuchen, die sich gewaschen haben!"

„Pfannkuchen?" rief Micha begeistert. „Die esse ich gern! Tati, bau den Kocher auf! Marcel macht Pfannkuchen mit Chloroformfüllung und Meersalz!"

„Erst lade ich euch zu einer tüchtigen Portion Kakao ein", sagte Marcel. „Holt eure Becher."

Superhirn

Henri, Tati, Gérard, Prosper und sogar Micha fanden ihren neuen Freund sehr lustig. Auch Loulou, der Pudel, hatte sich rasch an ihn gewöhnt. Marcel schien überhaupt alles zu können — oder doch wenigstens zu wissen.

„Der Kerl ist ein Superhirn", sagte Gérard zu Henri.

Henri grinste. „Gut! Nennen wir ihn so! Nennen wir Marcel von jetzt ab ‚Superhirn'!"

„Soll mir recht sein", lächelte Marcel. „Ich nehme das gern als Titel an."

„Schnell noch ein paar Testfragen", rief Gérard. „Was ist eine Rakete? Ich zähle bis drei, und dann mußt du die Erklärung . . ."

Lachend unterbrach Marcel: „Das Wort kommt vom italienischen ‚rocchetta' und bedeutet soviel wie Spindel. Wir verstehen darunter einen Flugkörper mit Rückstoßantrieb, der von der Umgebung unabhängig ist und deshalb auch im luftleeren Raum benutzt werden kann."

„Hör auf!" sagte Prosper fassungslos. „Mir scheint, du hast 'ne Wunderbrille auf!"

Alle lachten.

„Das wär zu schön, um wahr zu sein", sagte Marcel.

„Und das hast du alles vom dünnasigen Lesen?" fragte Micha.

„Vom dynamischen Lesen", verbesserte Marcel höflich. „Ich sagte schon: 'ne besondere Methode, schnell zu lesen und doch das Wichtigste zu behalten. In der Wissenschaft gibt's von Tag zu Tag so viel Neues, daß die Professoren kaum hinterherkommen. Da bleibt ihnen gar nichts weiter übrig, als zu lernen, in kürzester Zeit einen Haufen von Heften, Broschüren und Büchern durchzustudieren. Wohlgemerkt: Nicht einfach durchblättern!"

„Ich wollte, beim Ballettanzen könnte man auch was erfinden, um schneller voranzukommen", seufzte Tatjana.
„Also, Marcel heißt jetzt ‚Superhirn'. Hat jemand Einwände?"
„Ich!" rief Micha. „Er soll den Namen erst kriegen, wenn er Pfannkuchen gebacken hat!"
„Ich weiß was Besseres!" sagte Superhirn. „Ich hab mir in der Bruchsteinmauer einen Backofen gebaut, und da ihr nun schon mal bei mir Kakao getrunken habt, könnt ihr auch zum Abendessen bleiben. Es gibt Fisch!"
„Fisch esse ich nicht!" maulte Micha.
„Meinen schon", beruhigte ihn Superhirn. „Das heißt, es sind mehrere. Hab sie mir heute mit dem Fahrrad frisch vom Fischer geholt. Und die nötigen Zutaten . . ."
Staunend beobachteten die fünf, wie ihr neuer Freund das Essen bereitete. Geschickt nahm er die Fische aus, wusch sie im Quell und beträufelte sie mit Zitronensaft. Dann rieb er sie mit Salz und Pfeffer ein.
„Was ist das?" fragte Tati, als er aus einer Mauernische eine Dose mit Drehverschluß hervorholte.
„Kräuterbutter", sagte Superhirn.
„Kräuterbutter?" schrie Micha begeistert. „Ich weiß: Da hast du das Kräutlein Wahrheit drin!"
„Kräutlein Wahrheit?" Prosper machte große Augen.
Henri grinste: „Ach, so 'n Aberglaube . . . In Märchen steht, wer das Kräutlein Wahrheit gegessen hat, muß unbedingt immer die Wahrheit sagen, auch wenn er's nicht will. Nimm mal an, ich denke, Tati ist eine dumme Ziege, und sie wird niemals richtig Ballett tanzen können. Nun trau ich's mich aus Höflichkeit nicht zu sagen. Im Gegenteil, ich tu ganz falsch und schmeichle ihr dauernd . . ."
„Du!" warnte Tati. „Du kriegst gleich ein paar geklebt!"
„Ist ja nur ein Beispiel!" erwiderte Henri. „Also weiter: Ich schmeichle ihr dauernd und versichere ihr: Tati, du kannst aber fabelhaft tanzen! Ich tue also, als sei ich restlos hingerissen, und Tati freut sich wie eine angetütete Bachstelze."

„Und?" fragt Prosper.

„Hab ich aber das Kräutlein Wahrheit gegessen, gelingt mir's nicht mehr, aus Höflichkeit zu schwindeln", erklärte Henri. „Ich muß meine Gedanken aussprechen, ob ich will oder nicht! Statt: Tati, du kannst fabelhaft tanzen, sag ich gegen meinen Willen auf einmal: Tati, du hopst wie 'ne einbeinige Krähe!"

„Du Satansbraten!" rief Tati. „Du tust wahrhaftig so, als hättest du das Kräutlein Wahrheit schon gegessen!"

Gérard und Prosper grinsten.

Doch Micha fragte: „Superhirn, hast du nicht doch das Kräutlein Wahrheit in der Butter drin?"

„Wer weiß?" schmunzelte der Junge mit der Brille.

„Gibt's das nun — oder gibt's das nicht?" bohrte der kleine Micha weiter.

„Wirst ja sehen!" sagte Superhirn. Mit einem tüchtigen Holzfeuer wärmte er seinen „Backofen" in der Mauer an. Dann wickelte er die Fische in Alu-Folien, die er sich ebenfalls aus Marac mitgebracht hatte, und schob sie in das heiße Loch.

Nach zwanzig Minuten holte er die verpackten Fischbraten mit einer Holzzange wieder heraus. Inzwischen hatten die anderen Luftmatratzen, Campinggeschirr und eine Flasche Traubensaft herbeigeschafft.

„Superhirn bewirtet seine ihm superlieb gewordenen Freunde mit einer Supermahlzeit", sagte der dünne Junge feierlich. Er sprach wie ein Indianerhäuptling. „Mög's euch allen wohlbekommen!"

„Tatsächlich", lobte das Mädchen. „Superhirn ist ein großartiger Koch! Sag mal, hast du etwa auch Kochbücher — hm — dynamisch gelesen?"

Superhirn lachte. „Na, das nun gerade nicht. Beschäftige mich am liebsten mit Physik — am allerliebsten mit Raumfahrttechnik. Das wird 'ne angehende Tänzerin wenig interessieren!"

Der kleine Micha hatte den Fisch zunächst etwas kalt werden lassen und ihn dann sorgfältig abgeschleckt. „Damit mir kein bißchen von der zerlassenen Kräuterbutter entgeht", erklärte er eifrig. Er ließ sich von Tati den Fisch zerteilen. Und vor lauter Neugier, zu erproben, ob in der Butter nicht doch das Kräutlein Wahrheit sei, aß er sogar den Fisch mit Appetit.

„Den widerlichen kleinen Micha, diesen miesen Zwerg, den hätten wir doch lieber zu Hause lassen sollen", meinte Gérard plötzlich. „Was wollen wir denn mit dieser idiotischen Maus? Stört uns doch nur! Gehört in den Kindergarten, der ekelhafte Wicht. Aber da nehmen sie ja nur nette Zwerge! Leider!"

Micha starrte Gérard an. „Ich — ich — bin . . .", schluckte er, „ein — ein — mieser Zwerg?"

„Klar", sagte Henri, „du bist wie Tatis scheußliche Puppe, von der sie sich genausowenig trennen kann wie von dem vermotteten Pudel Loulou."

„Mein Pudel ist vermottet?" rief Tati. „Und Micha soll 'ne idiotische Maus sein? Euch Knallköpfen haben wohl die Bratfische in die Zungen gebissen . . ."

„Dir hätte dein Fisch in die Zunge beißen sollen", ließ sich Prosper hören. „Du redest zuviel, Tati. Und deine Stimme klingt wie eine Sirene!"

„Ich habe Gesangsunterricht!" verwahrte sich Tati.

„Ja, bei der Funkstreife", grinste Gérard. „Wenn Tati singt, lassen sogar die Geldschrankknacker ihr Werkzeug fallen!"

„Superhirn!" rief Micha kläglich. „Es war doch das Kräutlein Wahrheit in der Butter! Hör doch mal, was sie alles sagen!"

Superhirn schmunzelte ungerührt.

Auf einmal war es ganz still. Erst nach einer ganzen Weile wiederholte der kleine Micha, was er vorhin gesagt hatte: „Es war doch das Kräutlein Wahrheit in der Butter!"

„Hi, hi, hi . . .", begann Henri. Doch sein Gelächter brach ab. Bestürzt blickte er in die Runde: „Gérard hat mit dem Quatsch angefangen! Ich — ich dachte, er macht wirklich nur einfach Unsinn!"

„Und ich — ich dachte, ihr beide macht Unsinn", sagte Prosper. „Da hab ich eben mitgemacht!"

„Ja. So ging's weiter", meinte Henri. Er blickte noch immer bestürzt. „Wir wollten so tun, als hätten wir das Kräutlein Wahrheit geschluckt!"

„Und habt doch ein ganz, ganz, ganz klein bißchen die Wahrheit gesagt", grinste Superhirn. „Ihr habt euch vorgestellt: Wie könnte das sein, wenn wir dieses Kräutlein wirklich gegessen hätten? Und dann habt ihr euch in den Gedanken verbissen, wie 'ne Katze in die Maus. Schon mal was von Autosuggestion, also Selbstbeeinflussung, gehört? Na, egal! Und ihr wart so echt in eurem Eifer, daß Micha und Tati ganz erschrocken gewesen sind."

„Was? — Autodingsbums war in der Butter?" fragte Micha. „Ist das 'n anderes Wort für das Kraut? Oder was ist das sonst?"

„Für euch jedenfalls ein Geheimnis!" lächelte Superhirn.

Inzwischen war es dunkel geworden.

„Es ist schon reichlich spät", sagte Tati energisch. „Nehmt eure Luftmatratzen — und dann, hopp, hopp, in die Zelte! Superhirn, du besuchst uns morgen zum Frühstück, ja? Aber wenn du mir den armen Micha noch mal so foppst, tanze ich auf deinen Nerven Ballett!"

„Träumt schön", lachte der spindeldürre Junge. „Wenn ihr in euren Zelten liegt, verwandle ich mich in eine Fledermaus und fliege um euer Lager herum!"

Henri, Gérard und Prosper grinsten. Micha aber sagte:

„Du, Tati — dem Superhirn trau ich alles zu! Ich werd heute nacht den Pudel ganz dicht an mich drücken!"

Am nächsten Morgen argwöhnte Prosper, Superhirn habe sich aus dem Staub gemacht.

„Der hat uns ein bißchen hochgenommen, und nun ist er weg", meinte auch Gérard.

Micha hielt Ausschau nach Fledermäusen.

Henri lachte. „Glaubst du wirklich, er könnte sich in so ein Biest verwandelt haben?" Er runzelte die Stirn. „Aber

Loulou macht so einen komischen Eindruck. Er ist so dünn geworden, findet ihr nicht? He — und er hat 'ne große Brille auf...!"

„Wo?" Gérard fuhr herum, als hätte ihn jemand gepiekt. Micha klammerte sich an Tati.

Henri bog sich vor Lachen. „Kinder! Superhirn hat euch wahrhaftig um den Verstand gebracht! Man macht einen Witz — und gleich meint ihr ernsthaft, er könnte über Nacht in unseren Pudel gefahren sein. Hahaha — wie so 'n Geist!"

„Ich würde mal in der Ruine nachsehen, ob Superhirn noch da ist", schlug Tati vor. „Wir sind hier, um Ferien zu machen, und nicht, um uns dauernd gegenseitig zu veralbern!"

„Na schön. Ihr versteht eben keinen Spaß...", brummte Henri. „Ich geh jetzt in die Ruine und hole Superhirn. Wir hatten ihn ja zum Frühstück eingeladen!"

Er ging um die Mauer herum.

„He, Superhirn!" rief er. „Aufstehen! Waschen! Frühstücken! Es gibt Kalorien!" Das Wort hatte er in der Schule gelernt, und er war stolz darauf, Superhirn damit zu imponieren.

Plötzlich stand ein hageres Männchen mit schäbigem Hut, grüner Brille und ausgefranstem Backenbart neben ihm.

„Wenn du jemanden suchst, Junge", krächzte der Mann, „hier ist niemand! Die Ruine ist leer!"

„Wie bitte? Guten Morgen!" erwiderte Henri verwirrt. Dann sagte er: „Natürlich ist die Ruine leer, das heißt, es wohnt keiner ständig darin. Nur ein Freund von uns, vorübergehend, wissen Sie? Er zeltet hier und übt — äh — dynamisches Lesen!"

Henri achtete nicht weiter auf den Fremden. Er spähte in das Innere des Gemäuers. Es war leer...

„Hab ich dir nicht gesagt, hier wohnt niemand", krächzte die Stimme neben ihm.

„Aber..." Henri tappte in die Ruine hinein. „Da ist der Backofen! Gestern hatten wir Fische darin. Und hier, hier haben wir gegessen. Und dort, in der Nische, war sein Zelt!"

„Wessen Zelt?" fragte das Männchen lauernd.

„Superhirns Zelt — wessen Zelt denn sonst?" rief Henri. „Marcel heißt der Junge! Er wollte mit uns frühstücken! Wir hatten ihn eingeladen!"

„Vielleicht hat er sich aufgelöst?" überlegte der Fremde.

„Quatsch!" polterte Henri aufgebracht. „Ausgerissen ist er! Wir waren ihm zu langweilig. Das ist es. Wie kann sich einer einfach so auflösen? — Wer sind Sie denn überhaupt?"

„Ich bin der Hochmoor-Schäfer", hüstelte der Mann. „Ich passe auf fünfhundert Schafe auf."

„So?" Henri spähte weiter umher, ohne sich um das Männchen zu kümmern. Doch er entdeckte keine Spur von Superhirn. „Wo sind denn Ihre Schafe?" fragte er zerstreut.

„Eins steht neben mir. Das ist das Leitschaf", krächzte der Alte. „Vier und ein ganz kleines sind jenseits der Mauer, und die anderen ziehen über das Moor!"

Henri drehte sich flüchtig um. Durch den Eingang der ehemaligen Kapelle sah er ein weites Stück Landschaft, doch nicht ein einziges Schaf. „Soso", murmelte er verwundert. Der Mann war anscheinend verrückt! Sogar das Leitschaf konnte Henri nirgends entdecken, und die „vier und ein ganz kleines jenseits der Mauer" waren sicher auch nicht vorhanden.

Wo zum Teufel blieb nur Superhirn...?

„He!" rief Henri. „Hast du dich in einer Ritze verkrochen?"

„Er hat sich vielleicht verflüchtigt", meinte der Mann. „Im Morgengrauen sah ich 'ne Rauchwolke in Menschengestalt übers Moor fliegen, 'ne ziemlich dünne Rauchwolke. Und, meiner Treu, es war, als hätte sie 'ne Brille auf!"

„Wer?" fragte Henri.

„Die Rauchwolke", kicherte der Alte. „Sicher war das der Junge, den du suchst. Wenn ich's recht überlege, flog der Schatten gar nicht — er fuhr!"

„Er fuhr?" rief Henri, immer noch umherspähend.

„Ja. Auf einem Schattenfahrrad. Oder — ob's Rauch gewesen ist? Ich weiß nicht."

„Schönen Dank!" sagte Henri ärgerlich. „Ich denke mir, die Schafe warten auf Sie. Sie sollten sich nicht so lange aufhalten!"

„Die Schafe machen Ferien und gehen nicht vom Hochmoor runter", erwiderte der Alte grinsend. Er schneuzte in ein riesiges Taschentuch. Dann deutete er auf einen Mauerteil. „Da ist ja dein Freund!"

Henri stand baff. An der Mauer — in Lebensgröße — prangten die schwarzen Umrisse einer Menschengestalt, spindeldürr die Figur, der Kopf lang und schmal, die Gesichtsfläche von einer enormen Brille fast verdeckt.

„Ja, das ist alles, was an solch einem Ort übrigbleibt", hüstelte der Mann. „Ich meine, von einem, der hier gezeltet hat."

Als sich Henri umwandte, war der Mann weg.

Ächzend sank Henri zu Boden. Wie soll ich das nur den anderen erklären? dachte er. Die halten mich doch für wahnsinnig! Ich muß diesen Schäfer erwischen. Aus der Ruine

rennend, schrie er: „He, Schäfer! Schäfer! Wo sind Sie? — Verflixt, ich seh noch nicht mal ein Schaf!"

„Aber wir sehen eins!" ertönte die kreischende Stimme von Tati.

Und Henri sah, wie sich alle vor Lachen im Moos wälzten. Nicht nur seine Schwester! Auch Gérard, Prosper, Micha — und sogar der Pudel Loulou! Ohne zu wissen, worum es ging, nahm er an dem Spaß teil.

„Du bist das Schaf!" schrie Tati.

„Nun seid doch mal vernünftig!" schimpfte Henri erbost los. „Was soll denn das? Hört mich gefälligst an! Ich wollte Superhirn zum Frühstück holen, aber die Ruine ist leer! Seine Sachen sind weg, sogar das Zelt und das Fahrrad! Statt dessen sah ich 'ne unheimliche Zeichnung an der Mauer, eine Zeichnung mit Brille! Ein alter Mann sagte, mein Freund hätt sich verflüchtigt — so erginge es jedem in der Ruine. Jetzt such ich diesen Mann. Er hat behauptet, er sei Schäfer!"

„Wenn du ihn sprechen willst — da sitzt er", quietschte Tati und deutete zwischen die Zelte. „Wir hatten ihn doch zum Frühstück eingeladen. Er ist gerade dabei, Eier in die Pfanne zu schlagen."

Während sich die anderen wieder vor Lachen wälzten, rannte Henri zur Kochstelle. Und dort fand er — Superhirn.

„Guten Morgen, Henri", grüßte der Junge mit der Brille freundlich. „Möchtest du zwei oder drei Eier? Ich esse nur eins!"

„Wo kommst du her?" erkundigte sich Henri.

„Ich?" fragte Superhirn scheinheilig zurück. „Aus der Ruine! Ich habe wunderbar in meinem Zelt geschlafen, war schon viel früher auf als ihr und habe mein Rad geputzt!"

„Ich habe weder ein Zelt noch ein Fahrrad gesehen", erwiderte Henri wütend. „Dagegen habe ich dein Ebenbild an der Mauer bewundern können. Wirklich, es war zum Verwechseln ähnlich! Eine dürre Jammergestalt mit einem Birnenkopf und einer Idiotenbrille. Du hast Unfug gemacht! War der alte Mann dein Onkel?"

„Mensch, Henri!" brüllte Gérard. „Ahnst du noch immer nichts? Der alte Schäfer war er selber. Er, Superhirn! Und es war Tatis Idee. Sie hat's mit ihm noch in der Nacht ausgeheckt, um dir einen Streich zu spielen!"

„Henri ist der Reingefallene!" jubelte Tati.

Henri starrte Superhirn an, der in seinem Trainingsanzug an der Kochstelle saß. „Wo ist denn dein Zelt?" fragte er verblüfft. „Dein Rad — all dein Zeug?"

„Hinter der nördlichen Kapellenmauer", grinste Superhirn. „Brauchst bloß andersherum zu gehen."

„Ja, aber ...", Henri überlegte, „... hm. Die Zeichnung hast du mit einem Stück verkohltem Holz gemacht! Aber die Sache mit dem alten Mann ...?"

„Der Alte war ich selbst", lachte Superhirn. „Bart, Hut und grüne Brille gehören zu meinen Scherzartikeln, weißt du. Ich laufe gern mal verkleidet herum. Den alten Mantel gebrauch ich als zusätzliche Decke. Na, und alles andere ..."

Henri setzte sich hin. „Alles andere!" Nun mußte er auch lachen. „Alles andere, das sagst du so einfach! Junge, wie du deine Stimme verstellt hast! Ha, und dein Hüsteln und Krächzen! Mensch, du bist ein Tausendsassa!"

„Nein", erwiderte Superhirn ernst. „Du bist nur ein schlechter Beobachter! Ich hab zum Beispiel zwei schöne, lückenlose weiße Zahnreihen, die so ein alter Stromer gewöhnlich nicht hat — und die konnte selbst der Bart nicht verdecken. Außerdem hatte ich meine Trainingshose unter dem Mantel und meine Sportschuhe an. Und dann mußt du Tomaten in den Ohren gehabt haben, daß dir die verstellte Stimme nicht aufgefallen ist!"

„Mag sein, wie's will", murrte Henri. „Ich hab Hunger, und wenn die Pfanne auch nicht groß genug ist, ich schätze, ich hab auf den Schreck drei Eier verdient!"

Beim Frühstück unterhielten sich die Gefährten lebhaft über Superhirns Streich.

„Ich bin kein schlechter Beobachter", verwahrte sich Henri. „Ich war nur so verblüfft über die leere Ruine und die unheimliche Zeichnung."

Superhirn nickte. „Siehst du! Deshalb hast du ganz blöd reagiert! Das darf in unserer technischen Welt nicht passieren. Nimm an, du lenkst ein Flugzeug, und dein Kopilot verwandelt sich plötzlich in einen Schimpansen. Wenn du darüber deine Reaktionsfähigkeit verlierst, schrammt die Maschine ab!"

Henri feixte: „Kluger Lehrer, was?" Die anderen lachten mit. Und somit war der Streich ausgestanden.

Nach dem Frühstück berieten sie, wer nach Marac fahren sollte, um Brot, Gurken und Zahnpasta zu besorgen.

„Superhirn bleibt besser hier", meinte Henri. „Der käme am Ende als siamesischer Zwilling wieder. Aber er könnte Gérard das Rad pumpen!"

„Womit du sagen willst, daß ich zu doof bin, mir einen Streich auszudenken?" fragte Gérard. „Na, warte mal!"

Gérard fuhr also nach Marac. Micha hatte gewettet, Gérard würde Superhirn nacheifern oder ihn gar übertrumpfen wollen: „Bestimmt kommt er als alte Frau zurück!" schwor der Kleine.

Doch Gérard kam als Gérard wieder. Schon von weitem erkannte man über der Lenkstange seinen kugelrunden Kopf. Michas Enttäuschung wich, als er hörte, daß Frau Bertrand dem radelnden Einkäufer außer dem Gemüse sechs Koteletts mitgegeben hatte, und zwar kostenlos. Und für Loulou brachte er eine Tüte voller Hundefutter.

Inzwischen war Superhirn mit seinen Sachen wieder in die Ruine gezogen. „Ich stelle der Hausfrau meinen Backofen zur Verfügung", verkündete er feierlich.

„Danke!" Tati machte einen graziösen Tanzschritt. „Aber ich bitte mir aus, daß mir keiner der Herren in die Töpfe guckt. Ich will euch mit einem Salat überraschen. Ihr könnt unterdessen Feuerholz suchen!"

„Tati mit ihrem Ballett-Salat", maulte Micha, der an die Bonbons dachte. „Na, komm, Loulou — suchen wir Holz!"

Auf dem Hochmoor gab es nur vereinzelte Bäume, die der Seewind krumm und schief geweht hatte. Zum Feuern mußte man sich mit den zähen Zweigen der vielen, sich dicht über den Boden windenden, fast blattlosen Büsche begnügen. Bald hatte Superhirn das meiste Holz gesammelt.

„He, wie machst du das?" rief Prosper. „So, ohne Beil und Säge...?"

„Ich sehe mir jeden Zweig genau an, bevor ich ihn abbreche", lachte Superhirn. „Das spart eine Menge Zerren und Drehen, und ich komm noch dazu ohne Hautabschürfungen davon!"

Das war das letzte, was Henri hörte. Er hatte noch auf die Armbanduhr geblickt: 1 Uhr mittags, also 13 Uhr! Sein Magen knurrte sehr, und sie hatten ihr Feuerholz noch nicht bei Tati abgeliefert. Er ging auf den nächsten Krüppelbusch zu, kam aber nicht an. Er merkte nicht einmal mehr, daß er vornüberfiel — geschweige denn, daß die anderen ebenfalls lautlos zu Boden sanken. Sogar der Hund Loulou lag bewußtlos auf der Seite...

Unheimliches Hochmoor

Henri setzte sich auf und rieb sich die Augen. Wo bin ich denn nur? dachte er. Erstaunt blickte er um sich: Überall Moos — vereinzelte, schiefe Bäume — hie und da krüppelförmige, fast blattlose Büsche. Der Himmel über ihm war sehr blau, die Sonne stand noch fast senkrecht über ihm... Also war's kurz nach Mittag.

Dann fiel sein Blick auf die abgebrochenen Zweige zu seinen Füßen. Im gleichen Moment ertönte von der Ruine her lautes Rufen:

„Henri! Gérard! Prosper! Wo bleibt ihr denn mit dem Holz? Ich will die Koteletts braten!"

Der Junge erkannte seine Schwester Tati. Und nun mußte er lachen. „Wahrhaftig", murmelte er vor sich hin, „ich bin eingeschlafen! Mitten beim Holzsuchen!"

Während er die Zweige aufsammelte, bemühte er sich, Ordnung in seine Gedanken zu bringen. Allmählich fiel ihm alles wieder ein. Kopfschüttelnd stapfte er zur Ruine. Ich bin ein Idiot, dachte er. Schlafe am hellen Tag und vergesse, wo ich bin . . .

„Entschuldige, Tati, daß ich als letzter komme", sagte er. „Aber ich hab wohl heute nacht nicht gut geschlafen, die Müdigkeit muß mich umgehauen haben. Sind die anderen schon wütend?"

„Wütend?" Das Mädchen starrte ihn aus großen Augen an. „Wie soll ich das wissen! Sie sind nicht da! Du bist der erste!"

Beide schwiegen. Dann räusperte sich Henri: „Willst du damit sagen . . .", er räusperte sich wieder, „willst du damit sagen, daß dir noch keiner Holz gebracht hat?"

Tati blickte sich verwirrt in der Ruine um. „Ich glaube nicht, nein, niemand hat was gebracht!"

Tati strich sich eine Haarsträhne aus der Stirn. Sie biß sich auf die Lippen, als müsse sie eingehend nachdenken.

Henri blickte auf das Brett, das Superhirn als Ersatz für einen Küchentisch über zwei Steine gelegt hatte. „Wolltest du nicht Salat machen?" fragte er. Die Schwester folgte seinem Blick. Die grüne Gurke war säuberlich geschält und zur Hälfte in dünne Scheiben geschnitten. Die Scheiben lagen schon im Gefäß. Die besten Tomaten hatte Tati ausgelesen, die grüngelben und mißförmigen dagegen bildeten einen Haufen auf einem Mauervorsprung. Gewürzbeutel, Zitronen, Essig- und Ölfläschchen lagen und standen bereit. Aber eine Folie, offenbar mit Fleisch gefüllt, war noch nicht geöffnet. Wieder starrten sich die Geschwister an.

„Du blutest ja am linken Arm!" stellte Henri fest.

„Nein", sagte Tati, „wieso . . .?" Sie betrachtete den Arm und blickte erstaunt auf: „Tatsächlich! Ich muß mich geschnitten haben! Aber wo ist das Messer?"

„Es liegt vor deinem komischen Küchentisch", sagte Henri.

Als Tati es aufhob, bemerkte Henri: „Du hast auf einer Tomate gesessen!"

„Iiih!" Die Schwester nahm einen Lappen, und Henri half ihr, die Reste von der Bluse zu entfernen.

„Unmöglich kann ich auf der Tomate gesessen haben", betonte Tati. „So hoch oben hab ich mein Sitzfleisch nämlich nicht!"

„Noch höher, nämlich am Hinterkopf, hast du Sand!" sagte Henri. „Bist du hingefallen?"

Tati fuhr herum: „Mensch, ja, ich fühl mich so! Mir schmerzen die Glieder, und es ist mir, als hätt ich ein paar blaue Flecken unter dem Stoff!"

„Wie lange kannst du gelegen haben?" fragte Henri rasch.

„Das weiß ich nicht", sagte Tati. „Mir ist nur in Erinnerung, daß ich plötzlich nicht mehr wußte, wo ich war. Hm. Ich bin vom Boden aufgestanden — ja. Dann hab ich mich umgesehen und mich daran erinnert, daß ich Essen machen wollte. Dann seid ihr mir wieder eingefallen, und als ich begriff, daß ich euch zum Holzholen geschickt hatte, bin ich aus der Ruine gelaufen und habe gerufen!"

„Ja — und gerade zu diesem Zeitpunkt war ich auch wieder einigermaßen klar", überlegte Henri. Seine Stimme klang heiser. „Tati, bist du dir klar darüber, daß hier irgendwas vorgegangen sein muß? Was Unerklärliches?"

„Wenn du mich das nicht fragen würdest, würde ich glauben, ich träumte im Stehen", hauchte die Schwester. „Wo sind denn — wo sind denn die anderen?" Plötzlich wurde sie sehr aufgeregt: „Micha!" rief sie. „Micha! Ach, Henri, wenn bloß der Kleine hier wäre!"

„Komm", befahl Henri.

Sie liefen hinaus ins Moor.

„Micha ...! Gérard ...! Prosper ...! Superhirn ...!" gellten ihre Schreie durch die Mittagsstille.

„Noch nicht mal der Pudel meldet sich", keuchte Tati. „Es sieht ihm gar nicht ähnlich, so lange wegzubleiben, wenn ich Essen mache! Meist kommt er betteln!"

Plötzlich stolperte Henri über ein Bündel Holz.

„Hallo, Tati!" rief er. „Hier ist einer! Gérard! Er schläft wie ein Murmeltier!"

„Und hier liegt Prosper!" meldete die Schwester. „Er reibt sich gerade die Augen und blinzelt!"

„Was ist denn los ...?" Eine dürre Gestalt mit einem zusammengerafften Haufen krüppliger Zweige unter dem Arm taumelte auf Henri zu — Superhirn!

„Was los ist?" empfing ihn Henri beinahe höhnisch. „Ich dachte, dein Gehirn arbeitet am schnellsten! Und wo hast du deine Brille?"

„Brille?" fragte Superhirn verdutzt. „Die muß ich — ja, die muß ich verloren haben, als ich einschlief. Ich glaube, der Unsinn — heute morgen — mit dem Elefanten auf Rädern..."

„Du meinst, mit dem alten Schäfer?" fragte Henri. „Mensch, du bist ja superverwirrt!"

Während der dürre Junge seine Brille suchte, standen Gérard und Prosper verständnislos bei den Geschwistern.

„Ich schwöre, daß ich nichts weiß!" beteuerte Gérard. „Ich muß mit meinem Holzbündel gestolpert und mit der Stirn auf einen Stein geknallt sein. Dadurch wurde ich ohnmächtig ..."

„An deiner Stirn ist aber keine Beule", sagte Henri.

„Ich dachte, ich wär zu Hause im Bett", erklärte Prosper.

Superhirn, die Brille wieder auf der Nase, kam zurück.

„Heißer Tag heute", meinte er. „Ich muß mich wohl erst an das Klima gewöhnen. Nehme an, ich hatte einen Klimaschock. Wußte tatsächlich nicht, daß ich geschlafen hatte, ich wußte überhaupt nichts. Wie verwirrt ich war, erkennt ihr daran, daß ich meine Brille einfach liegenließ. Entschuldigt! Habt ihr mich schon lange gesucht?"

„Hatte keine Zeit, jemanden zu suchen", murmelte Gérard. „Du wirst lachen — ich habe auch gepennt!"

„Ich auch", gestand Prosper, sich die Stirn reibend. „Himmel! Ich muß umgefallen sein wie ein entwurzelter Baum. Und hier liegt das gesammelte Holz!"

„Was war denn mit den beiden?" fragte Superhirn aufhorchend. „Ging's denen genau wie mir?"

„Und wie uns", erklärte Henri. „Während ich im Moos schlief, lag Tati in der Ruine! Und wir wissen nicht, wo Micha und Loulou sind."

„Micha?" Superhirn wurde augenblicks hellwach. „Vermißt ihr den Kleinen? Los, laßt alles stehen und liegen, grübelt nicht nach, was war — sucht Micha! Henri, du kommst mit mir nach links, Gérard, du nimmst die Mitte, und Prosper und Tati halten sich rechts!"

Eilig schwärmte die Gruppe aus. Es dauerte nicht lange, da fanden sie den Kleinen schlafend in der Nähe eines ausbetonierten, in die Erde eingelassenen Wasserbehälters.

„Micha!" rief Tati erleichtert. Sie beugte sich über ihn und schüttelte ihn kräftig.

Der Kleine erwachte und fing sofort an zu weinen.

„Still, still!" beruhigte ihn Tati. „Wir sind ja so glücklich, daß wir dich wiederhaben! Hör auf zu weinen!"

„Bonbons?" Micha richtete sich rasch auf. „Von Bonbons hab ich geträumt! Aber jetzt hab ich so einen komischen Geschmack auf der Zunge ... Wo ist denn mein Schlafsack? Wo sind Mami und Papi?"

„Zu Hause", grinste Henri.

„Du warst wohl müde?" erkundigte sich Prosper, während er selber einen Gähnkrampf unterdrückte.

„Wie kam denn das?" forschte Superhirn. „Hast du dich gemütlich hingelegt, oder bist du gefallen?"

Der Kleine zögerte. Dann fiel sein Blick auf den rechteckigen kleinen Teich, den niemand hier vermutet hatte. „Jetzt weiß ich's wieder!" rief er. „Ich bin gefallen! Denn ich hab noch gedacht — Mensch, Micha, hoffentlich plumpst du da nicht rein!"

Die Größeren sahen einander an.

„Hm. Eins steht fest", überlegte Superhirn. „Wir müssen allesamt ungefähr zur gleichen Zeit zusammengebrochen sein. Freiwillig hat sich niemand hingelegt. Oder? Also, freiwillig nicht. Ist vielleicht ein Düsenjäger dicht über das Moor gesaust?"

„Wieso?" fragte Tati verständnislos.

„Weil das eine Erklärung sein könnte. Durch den *Überschall-Knall* hätten wir einen Schock bekommen und dadurch ohnmächtig werden können."

„Hm ...", meinte Henri, „Überschall-Knall? Davon hab ich mal was gelesen ..." Er grinste. „Aber dabei ging nur eine Schafherde zu Boden. Und da 's ja bekanntlich außer uns hier keine Schafe gibt ..."

Nun lachten auch Gérard und Prosper wieder.

Tati schüttelte den Kopf: „Ich kann mich jetzt erinnern, was ich zuletzt gemacht habe, ja sogar was ich dachte. Ich ärgerte mich über das Salatmesser, weil die Zacken der Klinge nicht scharf genug waren. Ich überlegte, wie man so ein Messer schleifen könnte, und sah mich in der Ruine nach einem glatten Stein um. Dann wurde es dunkel ..."

„Dunkel?" unterbrach Superhirn rasch.

„Ja, vor meinen Augen", entgegnete Tati, „nicht etwa ringsherum in der Landschaft. Es war, als würde ich ohnmächtig!"

„Aber schlecht war dir nicht?" bohrte Superhirn.

„Nein", sagte Tati. „Genausowenig, wie mir jetzt schlecht ist. Ich fühle mich sogar wieder putzmunter!"

Gérard und Prosper nickten. Auch sie standen sicher auf den Füßen, als sei überhaupt nichts gewesen. Und da sie nichts hinzufügten, mußten sie dieselben Eindrücke gehabt haben.

„Uns hat's beim Holzsuchen erwischt", erklärte Superhirn. „Bloß: was hat uns erwischt? Was?" Er sah sich um: „Wo ist der Pudel Loulou?"

Micha tappte suchend durchs Heidekraut. „Hier!" meldete er aufgeregt. „Er schläft!"

Doch als die anderen die Stelle erreichten, schlief Loulou bereits nicht mehr. Die Stimme seines kleinen Herrchens hatte ihn geweckt. Das winzige Tier gähnte wie ein Nilpferd. Dann blickte es zwischen Micha und Tati hin und her, als wollte es sagen: Ich habe Hunger!

„Jetzt stehen wir wahrhaftig hier herum wie die Schafe", bemerkte Henri. „Wenn mir keiner sagen kann, was mit uns los war, schmeiß ich mich gleich wieder ins Moos; dann schlafe ich so lange, bis mich einer weckt und mir die Lösung des Rätsels ins Ohr flüstert!"

„Superhirn ...!" sagte Gérard gedehnt, und er sah den dürren Jungen scharf an. „War das etwa wieder ein Streich von dir? Wenn ja, dann gib's zu! Du wirst einsehen, daß wir uns ein bißchen blöd vorkommen ...!"
„Blöd ist milde ausgedrückt!" lachte Tati.
„Blöder als blöd!" murmelte Prosper.
Superhirn blieb ungerührt. „Freunde", sagte er, „ich beschwöre euch: Das war kein Spaß — weder von mir noch von sonst wem. Gut, ich habe heute morgen Unsinn gemacht und einen alten Schäfer gespielt. Aber mit dieser Sache — mit dieser Sache habe ich nichts zu tun!" Superhirns Stimme hatte immer ernster geklungen, so daß auch die anderen nun nicht mehr lächelten.
Endlich sagte Tati: „Wenn's uns alle erwischt hat, gibt's nur eine Lösung: Superhirn, deine Fische — gestern abend — waren nicht gut! Wir haben 'ne Fischvergiftung gehabt!"
„Es kann auch ein giftiges Kraut in deiner Kräuterbutter gewesen sein", meinte Henri.
Superhirn lächelte stirnrunzelnd. „Ich habe aber eine Beobachtung gemacht, die diese Erklärung ausschließt!"
Alle rissen erstaunt die Augen auf.
„Was für 'ne Beobachtung?" rief Gérard. „Mensch, Wunderknabe, Suppengehirn — so rede schon!"
„Müssen wir dir erst die Zunge aus dem Hals ziehen?" fragte Prosper.
Micha hopste vor Ungeduld. „Was hast du gesehen, was hast du gesehen ...?"
„Na ...?" riefen Tati und Henri zu gleich.
„Den Zwergpudel Loulou", lächelte Superhirn. „Der Hund hat weder Fisch noch Kräuterbutter bekommen — das weiß ich genau. Und trotzdem hat's auch ihn erwischt. Das bedeutet: Es kann nicht an den Fischen und nicht an den Kräutern in der Butter gelegen haben!"
„Stimmt!" staunte Tati. „Junge, daß ich daran nicht gedacht habe! Loulou frißt überhaupt keinen Fisch! Er frißt auch gewürzte Fette nicht! Das ist ein Keks-Milch-Schokolade-Reis-und-Fleischbrockenfresser!"

„Also — keine Lebensmittelvergiftung", stellte Superhirn energisch fest. „Wäre es nämlich eine gewesen, so hätten wir gestern abend oder heute morgen Hunderttausende von Gästen haben müssen!"

„Hunderttausend Gäste?" fragte Henri. „Was soll das nun wieder? Was willst du damit sagen?"

„Daß die Vögel erst jetzt wieder in der Luft herumfliegen", antwortete Superhirn. „Auf der Suche nach Micha entdeckte ich einen Adler am Boden, ich dachte, er sei tot. Als ich mich nach einer Weile zufällig umsah, flatterte er gerade wieder auf. Zunächst hatte er ein wenig Schlagseite, aber allmählich zog er wieder munter seine Kreise. Etwas später sah ich einen ganzen Schwarm von kleinen Vögeln auffliegen ... Und vorher, als ich meine Brille gefunden hatte, bemerkte ich eine Menge regloser Käfer! Die hätten uns sonst bestimmt alle besucht und wären zumindest über uns gekrabbelt ..."

Gérard sperrte den Mund auf, ohne ein Wort zu sagen. Prospers Nasenflügel bebten, so eifrig dachte er nach.

„Du meinst, du meinst ...", begann Tati entsetzt.

„Du meinst", vollendete Henri, „das — das Unerklärliche, das uns traf, könnte auch andere Lebewesen erwischt haben? Nicht nur uns Menschen, sondern auch Insekten, Kriechtiere, Vögel ..."

„Der Pudel war der erste Beweis dafür, daß nicht nur wir Menschen betroffen waren", sagte Superhirn ernst.

„Wir", schluckte Micha, „wir — wir müssen von hier weg. Wir müssen sofort weg von hier, wir müssen ..."

„Wir müssen uns das alles erst noch einmal in völliger Ruhe überlegen", schlug Superhirn vor. „Es ist nicht meine Art, einfach wegzurennen, wenn irgendwas geschieht, das ich mir nicht erklären kann!"

„Meine auch nicht!" sagte Henri entschieden.

„Und auch meine nicht!" rief Gérard.

Prosper nickte bekräftigend.

„Ich denke, ich mache jetzt so schnell wie möglich das Essen fertig", entschied Tati. „Sicher seid ihr genauso hungrig wie ich. Ein gesättigter Magen beruhigt die Gemüter!"

„Da hat sie recht!" lachte Superhirn. „Aber ist das nicht komisch: Ich habe einen Hunger, als hätte ich seit gestern früh nichts gegessen!"

„Merkwürdig — ich auch!" meinte Henri.

„Das kommt von diesem unheimlichen Schlaf", behauptete Gérard.

„Scheint mir auch so", bestätigte Prosper ...

Als die Gefährten in der Ruine waren, sagte Henri: „Übrigens fällt mir ein, ich habe vor dem Ohnmächtigwerden auf die Uhr geguckt: Es war genau dreizehn Uhr! Und jetzt ist es zwölf Minuten nach zwei! Da können wir nicht lange geschlafen haben!"

„Waaas?" Auch Superhirn blickte auf seine Armbanduhr: „Zwölfeinhalb Minuten nach zwei, genau! Nicht lange geschlafen, sagst du? Ich würde meinen, kaum — wir haben kaum geschlafen!"

Tati, die auf ihrem Küchenbrett herumwirtschaftete, drehte sich um. „Kaum? Mir kam es wie 'ne Ewigkeit vor!"

„Nein! Superhirn hat recht!" rief Henri wie elektrisiert. „Denk doch mal, Tati: Bevor ich im Moor hinfiel, war's eins. Nach dem Aufwachen hab ich eine ganze Weile dagesessen und überlegt, wo ich war. Dann hast du gerufen, ich bin zu dir in die Ruine gelaufen, und wir haben gemeinsam nachgedacht. Schließlich sind wir die anderen suchen gegangen. Als Gérard, Prosper und Superhirn wach waren, redeten wir alle miteinander. Superhirn holte seine Brille. Und wir schwärmten aus, um Micha zu finden. Fehlte noch Loulou. Am Ende folgte eine lange Beratung. Schließlich gingen wir hierher zurück!"

„Ich habe mir ausgerechnet, daß das alles zusammen über anderthalb Stunden gedauert haben muß", nickte Superhirn. „Demnach müßte es jetzt halb drei sein, und wir könnten überhaupt nicht geschlafen haben."

„Im Gegenteil, es fehlt uns über eine Viertelstunde in der Rechnung", stellte Henri fest.

Prosper schüttelte den Kopf, und Gérard meinte: „Aber das ist doch einfach unmöglich!"

„Habt ihr automatische Armbanduhren wie Henri und ich?" forschte Superhirn.

„Ich habe eine", erklärte Prosper, „sie zeigte die Zeit an, die du uns genannt hast!"

Superhirn trat an das „Küchenbrett" und betrachtete die grüne Gurke — jedenfalls den Rest, den Tati wohl schon geschält, aber noch nicht aufgeschnitten hatte.

„Hast du die Gurke gewaschen?" fragte er.

„Nein", antwortete Tati, „nur geschält. Man wäscht geschälte Gurken nicht, man schneidet sie gleich in Scheiben!"

„Nun, ich sehe es! Das restliche Stück ist sehr trocken — reichlich trocken, möchte ich meinen!" Er spähte in das Salatgefäß, in das Tati soeben Essig und Öl gießen wollte. „Stop!" befahl er. „Fällt dir nichts auf, Superhausfrau?"

„Doch, aber ich kann's nicht begreifen", erwiderte Tati. „Auch die Tomaten- und Gurkenscheiben sind trocken, obwohl sie vorhin beim Schneiden noch ganz saftig waren!"

Superhirn wandte sich um. „Leute", sagte er düster, „ich habe die Erklärung für die verkehrte Zeitrechnung! Wir sind nicht heute mittag in Schlaf verfallen, sondern gestern mittag! Deshalb haben wir auch alle solchen Hunger!"

Superhirn schlüpfte in sein Zelt; gleich darauf kam er mit einem Büchlein zurück. „Mein Tagebuch", erklärte er knapp. Er schlug es auf. „Unter dem zwanzigsten fehlt jede Eintragung, und ihr könnt mir glauben, ich schreibe stets alles ein. Dagegen zeigt mein Uhrkalender auch den einundzwanzigsten!" Er klappte das Büchlein zu. „Wir waren fast vierundzwanzig Stunden bewußtlos!"

Wieder herrschte Schweigen.

Er spähte in die Runde. „Wollen wir unser Zeug zusammenpacken und das Hochmoor verlassen?"

„Unbedingt!" rief Tati. „Hier bleibe ich keine Minute länger! An einem Ort, an dem man mittags auf die Nase fällt und vierundzwanzig Stunden schläft? Nie ...!"

„Hatschi", nieste Micha wie zur Bekräftigung.

„Der Kleine ist erkältet, ihm ist die Nacht im Freien nicht bekommen ... Da seht ihr's!" fuhr Tati fort. „Nein, nein, da kann ja sonst was passieren! Das laß ich einfach nicht zu ..."

Der Kleine, der fürchtete, allein „abgeschoben" zu werden, wurde sehr aufgeregt. „Ich will aber hierbleiben", schrie er, „ich bin nicht erkältet, ich hab auch nicht geniest! Das war Loulou!"

Henri lachte. Doch dann fragte er ernst:

„Ihr habt Superhirns Frage und Tatis Ansicht gehört: Wollen wir unsere Zelte hier abbauen und verschwinden? Sicher weiß Herr Bertrand einen anderen, weniger unheimlichen Platz!"

„Herr Bertrand wird nicht mal wissen, daß diese Stelle hier unheimlich ist", meinte Gérard. „Auch der Bauer Dix wird keine Ahnung haben. Die beiden hätten uns sonst niemals hergeschickt!"

Prosper nickte: „Ich schlage vor, wir bleiben. Wir müssen unbedingt rauskriegen, was hier vorgeht! Ich käm mir ganz und gar dämlich vor, wenn ich jetzt abhauen würde."

„Ich auch", sagte Gérard. „Nicht wahr, Henri?"

„Klar", erwiderte der.

„Selbst wenn ihr gehen würdet — ich bliebe auf alle Fälle hier!" erklärte Superhirn fest. „Henri, Gérard und Prosper haben sich auch dafür entschieden — und Micha ist zwar klein, aber ich glaube, wenn's not tut, recht tapfer. Den Pudel brauche ich nicht zu fragen. Also, Tati, wie ist's?"

„Wenn ihr bleibt, bleib ich natürlich auch. Ich bin ja keine Zuckerpuppe! Nur müssen wir auf Micha aufpassen, und zwar alle miteinander!" forderte Tati.

„Jeder muß auf jeden aufpassen", bestimmte Superhirn. „Wer die Gruppe verläßt, muß sich abmelden. Und von jetzt an darf uns nicht die geringste Kleinigkeit entgehen, keine scheinbar noch so nebensächliche Veränderung im Gelände. Jetzt, Freunde, jetzt habt ihr Gelegenheit, eure Beobachtungsgabe zu schärfen ...!"

Die Koteletts, in Dosenbutter gebraten, hatten vortrefflich geschmeckt. Essig, Öl und Gewürze ließen das verhutzelte Aussehen der Gurke und der Tomaten vergessen. Als Nachtisch gab es Kakao mit Kondensmilch — und zum Abschluß Bonbons.

Superhirn starrte nachdenklich in seinen Becher. Plötzlich hob er den Blick. Seine Augen hinter den Brillengläsern blitzten. „Der betonierte Teich! Dieser sonderbare kleine Swimming-pool oder was es war! Die Stelle, an der wir Micha fanden!"

Die anderen horchten auf.

„Richtig!" bestätigte Henri. „Komische Anlage, mitten im Moor! Vorhin waren wir zu abgelenkt, uns das Ding genau anzusehen..."

„Ich bin Superhirns Meinung", erklärte Gérard eifrig, „nichts im Hochmoor darf uns entgehen! Los, auf! Hin zu dem Wasserbecken!"

„Ihr meint, da ist Schlafwasser drin", grinste Prosper. „Und das macht alles bewußtlos, was in seiner Nähe kreucht und fleugt? Na, dann würd ich der Stelle lieber fernbleiben!" Aber er stand auch auf und schloß sich den anderen an.

Das betonierte, rechteckige Becken in der Moorlandschaft, über das sich die Gruppe beugte, hatte sandigen Grund, der mit verschiedenen Wasserpflanzen bedeckt war.

„Fische", bemerkte Gérard enttäuscht, „ganz gewöhnliche Fische, wie sie in jedem Teich vorkommen. Die Stelle hat man gewählt, weil hier ein winziges Rinnsal ist. Wenn man die Klappe links hochzieht, wird der Zufluß frei. Und das da rechts ist der Abfluß!"

„Ein Zuchtbecken?" fragte Prosper.

Superhirn griff blitzschnell in die ein wenig trübe Brühe und zog ein zappelndes Etwas heraus. „Wer ißt Goldfische?" murmelte er. Der Fisch platschte ins Wasser zurück.

Henri krempelte seinen Ärmel auf und faßte ebenfalls in das Becken hinein. Auch er holte ein Tier heraus, doch als er es betrachtete, wurden seine Augen starr. Tati, Gérard, Prosper und Micha wichen zurück.

Waff! machte Loulou.

„Haltet den Hund fest!" befahl Superhirn atemlos. „Und du, Henri, wirf das Tier nicht ins Wasser!"

„Aber ...", stammelte Henri. Er preßte die Hand um seinen Fang und wendete den Kopf ab. „Mir wird schlecht ... Verflixt, ich, ich ..." Platsch — ließ er die Beute zurückfallen. Dann hob er den Blick. Er war sehr blaß.

„Ich glaube, unsere Augen sind noch voller Traumbonbons", sagte Gérard. „Das war doch nie im Leben ein Fisch!"

„Nicht mal ein Goldfisch", betonte Prosper. „Es war ...", er sah Superhirn an, als wage er nicht, es auszusprechen.

Ruhig sagte Superhirn: „Nein. Es war tatsächlich kein Fisch. Es war ein Goldhamster!"

„Ich glaube, wir sind allesamt verrückt geworden", meinte Tati. „Wir hätten doch nach dem Essen abhauen sollen!"

Superhirn runzelte die Stirn. „Wenn du dir vormachst, du seist verrückt, wirst du's bestimmt werden! Wir haben festgestellt, daß hier im Moor was Unerklärliches vorgeht, und unsere Abmachung lautete, den Dingen auf den Grund zu gehen. Das ist so was wie ein selbstverliehener Forschungsauftrag, verstehst du das?"

„Halb und halb", gab Tati zu.

„Ich will, daß du es ganz und gar verstehst", fuhr Superhirn unerbittlich fort. „Wir haben mit unseren Forschungen begonnen, ist das klar?"

„Ja natürlich — klar — wieso nicht — na, weiter", murmelten die anderen.

„Das heißt, wir sind Forscher", erklärte Superhirn eindringlich. „Forscher müssen mit Überraschungen rechnen! Nach dem, was uns bereits zugestoßen ist, darf uns nichts mehr verblüffen — auch nicht, wenn einer von uns statt eines Fischs einen lebenden Goldhamster aus dem Wasser holt. Wir haben zu prüfen, warum dieses Nagetier nicht ertrinkt." Er griff in das Becken und holte den Goldhamster wieder heraus. „Überzeugt euch, daß es wirklich ein Goldhamster ist!" befahl er.

Alle beugten die Köpfe über das zappelnde Wesen.

„Es ist ein Goldhamster", sagte Henri. „Da ich zu Hause selber einen habe, täusche ich mich bestimmt nicht. Ein typisches Nagetier! Aber ausgeschlossen, daß es sich im Wasser aufhalten kann! Es würde verzweifelt herumpaddeln und ertrinken; ja — zwischen dem ersten und dem zweiten Herausholen müßte es schon ertrunken sein!"

„Aber es ist nicht ertrunken", stellte Superhirn fest. „Dagegen benimmt es sich sehr merkwürdig in meiner Hand. Seht mal!"

„Der G-g-goldhamster z-z-zappelt ja so schrecklich", hauchte Micha schaudernd. „Und er schnappt so furchtbar nach Luft!"

„Werfen wir das Tierchen mal einen Moment ins Wasser zurück, damit es sich erholen kann", brummte Superhirn.

Platsch — der Goldhamster verschwand wieder im Wasser, als sei das sein Element.

„Nun? Was vermutet ihr?" erkundigte sich Superhirn.

„Das ist eine Kreuzung", meinte Gérard.

„Tja ...", überlegte Prosper, „was sollte es sonst sein? Ich hab noch niemals einen Goldhamster gesehen, der statt im Trockenkäfig unter Wasser lebt!"

„Er hat aber gezappelt und geschnappt wie ein Fisch, der Kiemen hat und an der Luft verschmachtet", bemerkte Superhirn.

„Kiemen ...?" rief Gérard. „Du meinst, das ist eine besondere Art von Goldhamster mit Kiemen?"

„Es gibt keine Kiemen-Goldhamster", erwiderte Superhirn. „Merkt euch das! In keinem biologischen oder zoologischen Fachbuch der Welt werdet ihr etwas über Kiemen-Goldhamster lesen können. Wir haben hier also keine besondere Art entdeckt, sondern was ganz Grausiges. Kommt, laßt uns in unser Lager gehen. Dieser Platz gefällt mir nicht!"

In der Ruine angelangt, lauschten die Gefährten Superhirns Erklärung:

„Hier, auf dem einsamen Hochmoor, führt jemand Versuche durch. Das, was wir am eigenen Leibe erlebt haben, war ein Strahlenexperiment; wahrscheinlich galt es den Insekten und Vögeln, und wir sind nur zufällig mit hineingeraten. Nun, darüber kann ich zunächst nur Vermutungen anstellen. Was aber das Becken mit dem Goldhamster betrifft", er dämpfte die Stimme, „so bin ich mir völlig im klaren. Wir sahen einen Hamster, den ein Forscher zu einem Aqua-Nagetier, also zu einem Wasser-Nagetier, machen will!"

„Wozu?" fragte Tati mit schreckgeweiteten Augen.

„Es versucht jemand, ein Nagetier, das bisher an der Luft lebte, zu einem Unterwassergeschöpf werden zu lassen!"

„Aber man kann doch nicht einfach einen Goldhamster oder eine Maus ins Wasser werfen und rufen: Nun schwimm mal schön! Werd ein Fischchen, kleines Biest!" empörte sich Henri.

„Es kann aber jemand einem Hamster Fischkiemen oder Plastikkiemen einoperieren", entgegnete Superhirn. „In Amerika werden solche Versuche gemacht, und zwar an der medizinischen Forschungsanstalt in Chikago. Dort lebte eine Ratte mit Kunstkieme bereits über eine Woche lang im Wasser. Den neuesten Stand der Dinge kenne ich nicht. Ich habe nur kürzlich was darüber gelesen."

„Das ist ja scheußlich!" rief Tati. „Was soll denn das Experiment?"

„Man will vielleicht später einen Unterwassermenschen schaffen, einen ‚Homo aquaticus'", erklärte Superhirn. „Aber alle Versuche, die am Ende auch an den Menschen ausgeführt werden sollen, beginnen zunächst einmal bei Mäusen, Ratten, Hamstern und Affen."

„Ein Unterwassermensch mit Kiemen!" Tati schüttelte den Kopf. „Selbst wenn ich glauben könnte, daß man so ein Ungeheuer schaffen wollte, welchem Zweck sollte es dienen?"

„Nur 29 Prozent der Erdoberfläche bestehen aus Land", belehrte sie Superhirn. „71 Prozent sind von Wasser bedeckt. Die Menschheit vermehrt sich rasend schnell. Vielleicht wollen die Forscher neue Lebensräume erschließen!"

„Aber man kann doch auch Land gewinnen, Wüsten fruchtbar machen oder mit Raumschiffen neue Gebiete im Weltall suchen!" rief Henri.

„Gelehrte denken an vieles", unterbrach Superhirn, „auch an die Schaffung unterirdischer Lebensmöglichkeiten. So, aber nun Schluß damit. Ich höre ein Auto kommen!"

Waff! machte Loulou. Waff, waff!

Die sechs „Moorforscher" liefen aus der Ruine ...

Die unsichtbare Falle

In seinem klapprigen alten Auto näherte sich Herr Bertrand. Neben ihm saß der Bauer Dix, dem das Hochmoor gehörte.

Die Jungen und Tati blickten ihnen gespannt entgegen.

„Ob die uns holen wollen?" fragte Henri.

„Wir haben noch nicht daran gedacht, daß die komischen Schlafstrahlen — oder was das war — auch über Stadt, Land und Hafen hingegangen sein könnten!" meinte Gérard.

„Vielleicht herrscht 'ne Riesenaufregung in Marac", grübelte Prosper. „Stellt euch vor, die Leute wären auf den Straßen bewußtlos geworden! Am Strand und auf den Brücken von Marac! In Autos, Bahnen, Cafés und auf den Schiffen!"

„Still!" mahnte Superhirn. „Wenn Herr Bertrand und Herr Dix nichts sagen, plappern wir auch nicht! Verstanden!"

Das Auto hielt.

„Hallo!" rief Herr Bertrand vergnügt. „Wie geht es meinen bevorzugten Kindern? Schmecken die Ferien noch?"

„Die haben ja eben erst angefangen!" antwortete Henri. Er bemühte sich, ein richtiges „Feriengesicht" zu machen.

„Einfach prima hier!" rief Tati ein wenig zu schrill.

„P-p-prima ...!" stotterte Micha.

„Fehlt nur 'ne flotte Bademöglichkeit!" ergänzte Gérard.

Prosper nickte nur.

Herr Bertrand und Herr Dix stiegen aus.

„He!" lachte Herr Dix. „Und da ist ja auch mein Freund, der Bücherwurm! Wie viele Wörter hast du denn heute gefressen?"

„Noch keins", lächelte der „dynamische Leser". „Dafür habe ich eine Menge Freunde gekriegt!"

„Also vertragt ihr euch. Das ist nett", meinte Herr Dix. „Ich dachte, du wärst so'n einzelgängerischer ‚Professor'."

„Nee, der ist eher so was wie 'n Transistor, der dauernd Schulfunk durchgibt", grinste Henri. „Wir werden von Minute zu Minute schlauer."

„Tja ...", begann Herr Bertrand, „wir sind eigentlich nur gekommen, um mal nach dem Rechten zu sehen. Aber weil Gérard eben was vom Baden gesagt hat — wie wär's, wenn ich euch morgen an den Strand von Marac fahren würde? Da könnt ihr euch den ganzen Vormittag nach Herzenslust am Strand tummeln!"

„Au ja!" Tati machte vor Begeisterung einen Luftsprung.

Die anderen hatten rasche Blicke getauscht. Marac? Strand? Nach Herzenslust tummeln? Das klang wahrhaftig nicht so, als sei in der weiteren Umgebung etwas Unheimliches vorgefallen ...

„Kommst du auch mit, Marcel?" fragte der Bauer Dix.

„Er heißt nicht mehr Marcel, er heißt Superhirn", erklärte Micha wichtig.

„Na ja, der scheint einen Computer im Kopf zu haben, nach allem, was ich höre", lächelte Herr Bertrand.

Superhirn grinste. „Klar komm ich morgen mit! Aber meine Einmann-Freiluft-Universität", er wies auf die Ruine, „möchte ich nicht missen. Vor allem, weil ich ja jetzt fünf Gasthörer habe. Rechne ich den Pudel dazu, so sind's sogar sechs!"

„Von mir aus kannst du hier auch überwintern", sagte Herr Dix. „Ich fürchte nur, die anderen werden nicht mitmachen."

„Und meine Eltern sicher auch nicht", lächelte Superhirn. Und so nebenbei meinte er: „Fast 'n Wunder, daß das

Hochmoor so menschenleer ist! Das wäre doch ein günstiger Grund und Boden für ein riesiges Campinglager."

„Denkst du", sagte Herr Dix, „aber die Gendarmerie ist nicht dieser Meinung. Das Gelände fällt fast senkrecht zum Meer ab. Und unten sind die ‚Heulenden Steine', die Todesklippen, links und rechts davon liegt der sogenannte ‚Verbotene Strand', der wegen des Sogs gesperrt ist. Außerdem ist ein Teil des Geländes verkauft, der Rest, auf dem ihr sitzt, ist optiert."

„Operiert?" fragte Micha, der an den Kiemenhamster denken mochte. Tati kniff ihn leicht in den Arm.

„So gut wie verkauft", erklärte der Bauer.

Henri und Superhirn beobachteten ihn scharf. Wußte der Mann etwas von den — grausigen Versuchen?

Doch Herr Dix — so schien es — blickte arglos und freundlich drein. Herrn Bertrand war erst rechts nichts anzusehen. „Freut mich, wenn's euch hier gefällt", meinte er aufgeräumt. „Also dann bis morgen, wenn ich euch zum Schwimmen abhole. Um neun Uhr, pünktlich! Wiedersehen!"

„Wiedersehen!" rief die Feriengruppe im Chor.

„Übrigens", Herr Dix saß schon im Auto, „übrigens, Kinder, das wollte ich euch noch sagen: Bleibt immer hübsch im östlichen Teil des Moores, also diesseits der Ruine, zur Straße hin. An der Seeseite ist doch nur Geröll, und bei den Kalkfelsen habt ihr nichts zu suchen!"

„Da spukt's!" zwinkerte Herr Bertrand. Er warf Micha einen Blick zu. Dann setzte er sich ans Lenkrad und startete.

Tati und die Jungen schwiegen, bis das Auto in der Ferne verschwunden war.

„Was haltet ihr davon?" fragte Henri aufgeregt.

„Wir sollen auf der anderen Seite des Moores rumlaufen", rief Gérard, „da, wo wir vermutlich nichts Verdächtiges finden!"

„Er wollte uns von dem widerlichen Becken fernhalten", meinte Prosper. „Er hat keine Ahnung, daß wir's schon entdeckt haben!"

„Die sind miteinander im Bunde, Bertrand und Dix", behauptete Tati. „Sie kamen unter einem Vorwand. Sie wollten nur sehen, ob uns die Schlafstrahlen — oder was das war — geschadet haben!"

„Und zu sagen, daß es bei den Felsen spukt!" rief Micha. „Da wohnen Gespenster! Ja! Die spielen uns dauernd Streiche! Das sind überhaupt alles nur die Gespenster gewesen. Sie haben auch den Hamster..."

„Ruhe!" unterbrach Superhirn. „Ich glaube nicht, daß Bertrand und Dix auch nur das Geringste wissen. Sieht einer von ihnen wie ein Hydrologe — ich meine Wasserforscher — oder gar wie ein Strahlenforscher aus? Die beiden haben sicher noch nicht einmal eine Ahnung von dem Becken im Moor. Ihre Warnung war ganz allgemein. Es ist klar, daß es bei den Klippen gefährlich ist. Und wenn Herr Bertrand was von ‚Spuk' gemurmelt hat, so war das bestimmt ein Scherz. Er wollte höchstens Micha ein bißchen Angst einjagen, weil so 'n Kleiner die wirkliche Gefahr meist unterschätzt."

„Leuchtet mir ein", meinte Henri. „Wenn Bertrand und Dix nicht wollten, daß wir hier was herausfänden, hätten sie uns das Zelten ja von Anfang an verbieten können."

Der Vormittag am Strand von Marac war herrlich gewesen. Die Jungen und Tati hatten ausgiebig geschwommen; und Micha und Loulou hatten sich im Brandungsschaum am Ufer getummelt. Schließlich hatte die ganze Bande bei Frau Dix gesessen (der Pudel natürlich unter dem Tisch), und Herr Bertrand hatte alle in seinem Kombiwagen wieder ins Hochmoor gebracht.

„Ich fühle mich so erfrischt, daß ich auf der Ruine Ballett tanzen könnte!" rief Tati.

„Dann fliegst du runter, brichst dir das Genick, und wir errichten dir da oben ein Denkmal", wieherte Gérard.

„Wie ich höre, bist auch du sehr munter, mein Junge", grinste Superhirn. „Das trifft sich gut. Wir werden jetzt eine kleine Entdeckungsreise machen!"

„Reise?" fragte Micha.

„Oder einen Entdeckungsgang", verbesserte sich Superhirn. „In Marac, am Strand und bei Dix haben wir nichts gehört oder gesehen, was auf etwas Besonderes hätte schließen lassen. Die unheimlichen Vorgänge beschränken sich also auf das Hochmoor, meine ich. Deshalb durchstreifen wir heute nachmittag das Gelände."

„Ist das nicht zu auffällig?" wandte Prosper ein. „Es könnte uns jemand beobachten. Vielleicht gehen immer zwei und zwei abwechselnd Streife!"

„Das wäre erst recht auffällig!" Superhirn schüttelte den Kopf. „Nein, wir bummeln alle durchs Gelände. Ihr treibt euren Fußball vor euch her, Tati macht ab und zu ein wenig Gymnastik, und ich nehme meinen Feldbogen mit."

„Feldbogen?" Micha machte Augen, als müsse das auch was Unheimliches — möglicherweise mit Kiemen! — sein.

„Ein Flitzbogen ist das", erklärte Superhirn. „Aber kein selbstgemachter, sondern einer mit Visier, mit Zielvorrichtung. Hat 'ne fabelhafte Treffsicherheit!"

„Na, dann brauchen wir ja unsere Hinterteile nicht zu panzern." Gérard grinste. „Tröstlich. Hoffentlich bist du auch ein guter Schütze!"

„Ich denke, es wird nichts zu schießen geben", erwiderte Superhirn. „Das Ding dient nur zur Tarnung. Wir sind für einen, der uns sehen könnte, nichts als 'ne lustige Feriengruppe. Vergeßt eure Fotoapparate nicht. Micha und Loulou kommen auch mit — das wirkt noch harmloser."

„Und wohin gehen wir?" wollte Henri wissen.

„Zu den Klippen!" rief Superhirn.

Die kleine Gesellschaft gab sich den Anschein, als wolle sie wirklich nur absichtslos herumbummeln. Henri, Gérard und Prosper spielten sich den Fußball zu. Micha pflückte wahllos Heidekräuter, und Tati machte von Zeit zu Zeit Radschlagen oder lief mit dem Pudel um die Wette.

Superhirn legte den Feldbogen öfters auf ein unsichtbares Ziel an, als übe er sich in der Armhaltung; dabei spähte er jedoch aufmerksam durch das Visier.

„Puh!" stöhnte Tati. „Laß mich mal einen Moment verschnaufen! Ihr geht nur auf den Füßen, aber wer alle paar Meter auf den Händen hopst, braucht mehr Puste!"

Die Jungen warfen sich neben ihr ins weiche Moos.

„Fußball bringt einen auch ganz schön in Schweiß", beteuerte Gérard, „besonders in diesem Gelände. Da braucht man nicht erst auf den Händen zu hopsen! Nur Superhirn ist ausgeruht wie immer!"

Die vier sahen zu dem dürren Jungen hoch.

„He . . .!" Henri richtete sich auf. „Superhirn! Was hast du denn? Wie stehst du denn da . . .?"

Superhirn stand wie eine Bildsäule. Sein Blick war starr. Er sah über die anderen hinweg, als seien sie nicht vorhanden.

„Superhirn!" rief Henri. „Träumst du im Stehen?"

„Im Gegenteil", sagte der Angesprochene ruhig. „Ich beobachte etwas! Merkwürdig . . ." Er bewegte sich jetzt, blieb aber sehr ernst. „Sag mal, Tati, hat Micha auch ein paar Ballettschritte gelernt? Ich meine, versucht er manchmal, dich nachzumachen?"

„Wieso?" fragte das Mädchen gedehnt.

„Spinnst du?" wunderte sich Gérard.

Fast zugleich sprangen Henri und Prosper auf die Füße.

„Er spinnt überhaupt nicht!" schrie Henri. „Seht doch mal! Seht!" Er zeigte auf das Gelände jenseits des Baches. „Da tobt Micha herum, als hätt ihn eine Wespe gestochen! Nein, als — als . . ." Er schwieg, denn er fand offenbar keine Worte mehr.

Jetzt standen auch Tati und Gérard auf. „Was . . .", begann Gérard, doch auch ihm verschlug der Schreck die Sprache.

Tati rang nach Worten: „Das — das ist doch kein Tanz, was Micha da macht. Er tritt mit dem Fuß in die Luft, er fuchtelt mit den Fäusten. Jetzt lehnt er sich vornüber und strampelt mit den Beinen!"

„Das wollte ich hören!" sagte Superhirn rauh. „Er strampelt mit den Beinen! Wie kann man sich auf freier Fläche — stehend! — vornüberlehnen und mit den Beinen strampeln?"

„Nun schiebt er was mit flachen Händen vor sich her!" meldete Henri aufgeregt.

„Vor sich her? Was schiebt er?" fragte Gérard, der plötzlich ganz blaß war. „Es gibt doch nichts zu schieben als Luft!"

„Aber es sieht so aus, als stemme er sich gegen etwas", murmelte Prosper. „Jetzt hämmert er mit den Fäusten — gegen nichts!"

„Und die Grimassen, die er zieht!" rief Tati. „Er ist verzweifelt! Er weint!"

„Micha!" schrie Henri. „Micha, was machst du da ...?"

„Micha!" brüllten Gérard und Prosper.

„Micha!" kreischte Tati.

„Ihr müßt doch sehen, daß er euch nicht hört!" sprach Superhirn düster. „Achtet auf seine Miene! Er macht ein angestrengtes Gesicht. Er hat alles um sich vergessen. Er kämpft wie in einem abgeschlossenen Raum! Kein Laut dringt an sein Ohr!"

„Woher willst du das wissen?" Henri war außer sich. „Schnell, wir müssen ihm helfen!"

„Wartet!" befahl Superhirn scharf. „Seht mal, was der Hund macht!"

„Er steht auf den Hinterbeinen und zappelt mit den Vorderpfoten!" jammerte Tati. „Er will zu Micha ..."

„... aber es geht nicht!" vollendete Superhirn hart. „Wir hören Loulous Bellen — aber das Schreien Michas hören wir nicht!"

„Loulou, komm her!" lockte Tati. „Komm her!" Winselnd gehorchte das Tier. Micha aber kam nicht von der Stelle ...

Superhirn sprang über den Graben. „Henri, du folgst mir!" rief er. „Ihr anderen bleibt drüben und holt Hilfe, wenn wir nicht wieder rüberkönnen!"

„Wen? Wen sollen wir holen?" erkundigte sich Gérard.

„Meinetwegen die Feuerwehr aus Marac — oder Soldaten!" erwiderte Superhirn. Henri dicht hinter sich, rannte er auf Micha zu. Plötzlich sagte er: „Nanu, ist das Wind ...?"

Henri prallte auf ihn. „Weiter doch!" rief er ungeduldig.

„Mensch, ich laufe gegen Watte! Nein, au!" Superhirn drehte sich um und rieb sich die Stirn. Er blickte hoch. „Ist von oben irgend etwas runtergekommen?"

„Nein!" antwortete Henri. Aber auch er blieb so plötzlich stehen, als sei er gegen eine Wand geprallt: Er federte sogar zurück! Beide Jungen starrten einander an.

„Was macht ihr denn da ...?" hörten sie Tati rufen. „Helft Micha! Micha ist hingefallen!"

„Hingefallen?" Superhirn sah zu dem Kleinen hin. „Er sitzt erschöpft auf der Erde. — Hallo! Micha! Kannst du mich denn nicht hören?"

Der Kleine, das sah man am Zucken seines Körpers und an seinem verzerrten Gesicht, atmete schwer; er war am Ende seiner Kraft.

„Er antwortet nicht auf unser Rufen", stellte Superhirn fest. „Er kann uns nicht hören, das sag ich ja die ganze Zeit!"

Wieder versuchte er, auf Micha zuzuschreiten. Doch jedesmal prallte er gegen eine unsichtbare Wand. Henri erging es ebenso.

„Gérard, Prosper, Tati!" schrie Superhirn. „Kommt über den Bach! Hier ist eine Sperre, die keiner sehen kann! Wir müssen versuchen, sie zu durchstoßen!"

Die drei kamen angekeucht.

„Unsichtbares Hindernis?" zweifelte Gérard.

„Tatsächlich!" schnaufte Prosper. „Ich komme einfach nicht weiter! Ich renn wohl gegen 'ne Glaswand an. Aber erst ist's wattig, dann verdichtet es sich; zuletzt ist's wie 'ne Mauer!"

„Aber man sieht nichts!" rief Henri. „Wenn's wenigstens Glas wäre! Glas würde spiegeln! Aber ich kann von oben nach unten gucken, von links nach rechts, wie immer ich will — ich sehe den Widerstand nicht!"

Plötzlich stand Micha dicht vor ihnen: er machte ein hoffnungsvolles Gesicht, als glaubte er, daß die Gefährten ihn aus der merkwürdigen Falle befreien könnten.

"Sein Mund bewegt sich, er redet!" bemerkte Gérard. "Er ist nur eine Armlänge von uns entfernt, aber wir hören ihn nicht!"

"Micha — verstehst du uns?" schrie Tati, so laut sie konnte. "Wenn du uns verstehst, ruf ‚ja'! Ruf ganz laut ‚ja'!"

Der Kleine schrie anscheinend verschiedenes. Die anderen lauschten. Doch es herrschte tiefe Stille. Dabei bewegte sich Michas Mund wie rasend, und sein Gesicht lief rot an. Offenbar brüllte er wie ein Verrückter.

"Fauler Zauber!" wiederholte Prosper außer sich.

Ruhig sagte Superhirn: "Das ist alles andere, mein Junge, nur nicht faul! Das ist was Teuflisches! Los, versuchen wir gemeinsam, ein Loch in die unsichtbare Wand zu brechen. Werfen wir uns dagegen! Eins, zwei — los!"

Die vier Jungen und das Mädchen durchbrachen den unsichtbaren Watteschleier und prallten gegen das sonderbare Nichts wie gegen eine Stahlplatte.

Gérard rutschte zu Boden. Ächzend rieb er sich die linke Schulter. Prosper massierte sich den schmerzenden rechten Arm. Tati hielt sich wimmernd die Stirn. "Und ich hätt mir beinahe die Zähne eingerannt", murmelte Henri.

Superhirn stieß noch einmal mit dem Fuß gegen die unsichtbare Wand. "Zwecklos", meinte er. "Ich hole meinen Bogen und Pfeile. Vielleicht kann ich damit etwas anfangen!"

Während der Pudel bellend an der unheimlichen Absperrung hochsprang, lief Superhirn zu der Stelle zurück, an der sie gerastet hatten.

"Was Neues?" fragte er, als er wiederkam.

"Nichts. Henri hat festgestellt, daß man weder links noch rechts an dieser — Glaswand vorbeikann", berichtete Tati.

"Das sehe ich", entgegnete Superhirn. "Micha rennt ja jetzt dahinter wie'n kleiner Tiger hin und her. Und Loulou, davor, tut das gleiche!"

"Was willst du mit dem Pfeil?" erkundigte sich Henri.

"Mal sehen, wie hoch diese unsichtbare Wand ist", sagte Superhirn. Er legte den Bogen an und schoß. Sein Feldbogen war ein erstklassiges Sportgerät. Der Pfeil schoß mit großer

Gewalt schräg empor. Doch seine Bahn wurde in etwa zwanzig Meter Höhe jäh beendet.

Fassungslos spähten die Gefährten hoch.

„Er hängt einfach in der Luft!" murmelte Prosper.

„Er steckt in der wattigen Außenschicht von der unsichtbaren Wand", verbesserte Superhirn.

„Wattige — was?" fragte Gérard. „Ich sehe nichts, nichts! Nur den Pfeil!"

„Mensch, du merkst auch alles!" wetterte Henri. „Diese Watte ist genauso unsichtbar!"

„Werdet nicht nervös!" mahnte Superhirn. „Reizt euch nicht gegenseitig, weil ihr das alles nicht versteht! Wir müssen klaren Kopf behalten." Er spähte wieder empor. „Seht! Auch die Vögel prallen gegen den Widerstand!"

„Ja — ist das möglich ...", Tati reckte den Hals.

„Menschenskinder, der Micha wird uns noch verrückt!" drängte Henri. „Wir müssen was tun!"

Der Kleine stand wieder dicht vor ihnen, er stemmte sich gegen die unsichtbare Wand, sein Gesicht war krebsrot. Aber alle Anstrengung nutzte ihm nichts.

„Ausschwärmen!" befahl Superhirn. „Prosper und Tati, ihr geht mit mir nach links, Henri und Gérard, ihr lauft nach rechts! Tastet euch immer an der unsichtbaren Wand entlang, vielleicht findet ihr eine Lücke!"

Doch die Gefährten fanden keine. Sie merkten bald, daß das Hindernis bogenförmig verlief. Nach einer Weile trafen die Gruppen zusammen: sie waren im Kreise gelaufen.

„Die komische ‚Glaswand' ist wie eine riesige Röhre über Micha gestülpt worden", meinte Superhirn. „Nein", verbesserte er sich, nachdem er hochgeblickt hatte, „wie eine gläserne Glocke. Oben, auf der Kuppe, sitzt ein Seeadler!"

Verzweifelt beobachtete Tati, wie Micha unter dieser „gläsernen Glocke" hin und her rannte.

„Man müßte versuchen, sich von unten durchzugraben", überlegte Superhirn.

„Was glaubst du denn überhaupt, was das Ganze bedeuten soll?" fragte Henri heftig.

„Ich mach mir ja schon Gedanken!" herrschte Superhirn ihn an. „Die unsichtbare Glocke ist eine Abschirmung, eine riesige Abschirmung! Hier hat jemand ..." Er unterbrach sich, denn plötzlich, ganz plötzlich, hörten sie Michas heiseres Geschrei:

„Hilfe! Hilfe! Henri, Tati, helft mir doch ...!"

Henri sprang vor. „Die Wand ist weg!" schrie er. „Die Wand ist weg ...!"

Alle rannten auf den Kleinen zu, auch der Pudel.

„Was macht ihr denn mit mir?" ächzte Micha.

Tati nahm ihn rasch in die Arme. „Ist ja schon gut. Es war, na ja — es war ..."

„Ein kleines Naturwunder!" half Superhirn. „Der Wind, weißt du? Wir sind ja dicht an der See ..."

„Quatsch!" sagte Micha mit verblüffender Sicherheit. „Das war was anderes. Ich bin dauernd gegen 'ne Wand gerannt!"

„Man bildet sich manches ein, wenn man zu lange am Strand in der Sonne gewesen ist", fuhr Superhirn fort. „Ein kleiner Sonnenstich ..." Es war klar, daß er Micha von der Last des Unheimlichen befreien wollte. Das begriffen auch die anderen.

Alle sprachen noch beruhigend auf den Kleinen ein, als plötzlich wie aus dem Boden gewachsen eine hagere Gestalt vor ihnen stand. Es war ein alter Mann mit schmalem, gelbem Gesicht und einem schwarzen, dünnsträhnigen Kinnbart, der länger war als seine Jacke ...

Professor Charivari

„Was sucht ihr hier?" fragte der unheimliche Mann mit einer nahezu zitronengelben Glatze.

Seine leise Stimme war sanft und schmeichelnd, doch das konnte den erschreckenden Eindruck nicht mindern. Die schmalen Augen wirkten fast schwarz, sie glänzten wie im

Fieber. Und vor seinem Blick fühlte man sich so klein, daß man meinte, von den Pupillen förmlich aufgesaugt zu werden.

„Nun ...?" wiederholte der Unheimliche. „Ich habe euch etwas gefragt: Was sucht ihr hier?"

Die Gefährten waren noch zu verblüfft, um antworten zu können.

Einen Mann, so groß und so mager, dachte Henri, hab ich noch nicht gesehen ... Tatis Blick war auf den kahlen, gelben Schädel des Fremden gerichtet. Er erschien ihr beinahe so schmal wie eine Salatgurke. Prosper und Gérard starrten auf den armlangen Bart. Es war, als seien dem Riesen ein paar lackschwarze Schnüre am Kinn festgewachsen oder als habe er den Seidenschwanz eines fremdartigen Tieres an seinem Unterkiefer befestigt. Übrigens war der Bart so schwarz wie seine Augen und seine Brauen. Michas Staunen galt den Schuhen. Sie waren schmal, aber langgebogen wie zwei kleine Kanus. Superhirn aber betrachtete den Stock, den der Mann trug. War das ein Stock — oder war es ein Gerät?

Als der Anblick des gespenstischen Hochmoormenschen genügend auf die Gefährten gewirkt hatte, blickte Tati zu Superhirn, als wolle sie sich vergewissern, ob der Junge ihnen vielleicht wieder einen Streich spielte. Doch hier, natürlich wußte sie das längst, war nichts zu hoffen. Eine Gestalt wie die, die jetzt vor ihnen stand, konnte selbst der geübteste Verwandlungskünstler nicht so schnell annehmen.

Merkwürdig war Loulous Verhalten. Der Zwergpudel hockte friedlich neben Micha und betrachtete den unheimlichen Hochmoormenschen mit schiefem Kopf, als erwarte er von ihm einen Keks. Er knurrte, schniefte und zitterte nicht.

„Was hat euch denn die Sprache geraubt?" erkundigte sich der Mann mit dem gelben Kahlschädel. Wieder klang seine Stimme sanft und einschmeichelnd. Es war wie ein leiser Gesang.

Sein Blick ruhte jetzt auf Micha.

Der Junge trat von einem Bein aufs andere. „Na ja ...", begann er, „diese komische Wand aus Luft — oder was das war. Superhirn sagt, der Wind vom Meer ist hier so stark, weil wir am Meer sind. Aber ich weiß, daß es eine Wand war, die ich nicht sehen konnte. Ich bin immer dagegengelaufen. Die anderen auch! Die sind ..."

„Der Kleine versteht nichts von Meteorologie", unterbrach Superhirn rasch. „Wir sind wohl in eine Turbulenz, einen Luftwirbel, gekommen, das hat ihn verwirrt!"

„Aber ...", sagte Tati. Doch sie schloß den Mund sogleich. Sie begriff, daß Superhirn dem Fremden nichts von seinen Beobachtungen mitteilen wollte.

„Der Pfeil ist ganz oben in der Luft steckengeblieben!" rief Micha.

Schon fragte der Unheimliche: „Welcher Pfeil?"

„Ich habe mit meinem Feldbogen auf einen Vogel geschossen", log Superhirn. „Der Pfeil ist hier irgendwo zu Boden gegangen — na, ich werde ihn schon finden." Es war ja klar, daß der Pfeil nach Auflösung der Abschirmglocke den Halt verloren hatte und auf die Erde gefallen war.

Die schwarzen Augen des Kahlschädligen musterten die Gefährten: „Seid ihr aus Marac?"

„Wir sind Freunde der Familien Bertrand und Dix", erwiderte Henri. „Herr Bertrand hat Herrn Dix gebeten, uns hier zelten zu lassen."

„Hier?" fragte der Mann.

„Nun ja", Henri kratzte sich unbehaglich hinterm Ohr, „nicht direkt hier. Den westlichen Teil des Moores sollten wir meiden. Ebenso die Klippen. Herr Dix hat auch gesagt, dieses Land sei verkauft."

Der Kahlschädlige strich sich den Bart. „Ja", nickte er, „und der Eigentümer bin ich. Hat euch Herr Dix nie etwas von mir erzählt?"

Die Freunde starrten einander an.

„Von Ihnen?" rief Henri. „Nein! So wahr ich lebe! Keiner von uns wußte, daß es hier einen — einen Mann gibt, der — der ..."

„Der so einen Stock in der Hand trägt, wie?" lächelte der Unheimliche.

„Was ist denn das für 'n Stock?" fragte Micha ängstlich.
„Ein Zauberstab, mit dem Sie *Schlafstrahlen* . . ."

Sofort gab ihm Henri einen Rippenstoß. Der Kleine verstummte.

Die „Schlafstrahlen" schien der alte Mann überhört zu haben. Er lachte. Er lachte so wohltönend und herzlich, daß er den anderen plötzlich ganz normal erschien. Sie begriffen nicht, warum sie sich eben noch vor ihm gefürchtet hatten. Mochte hier auch Seltsames geschehen sein — warum sollte es sich um ein Gespenst handeln? Der oft so furchtsame Pudel lief sogar zu ihm hin und beschnupperte seine Schuhspitzen!

Nein, der alte Mann war sicher nur ein Kauz, ein menschenscheuer Eremit, ein Einsiedler, der sich in das einsame Moor zurückgezogen hatte. Wahrscheinlich, weil ihn die

Leute wegen seines kahlen Schädels und seiner merkwürdigen Erscheinung immer verspotteten.

„Das, was ich in der Hand halte, ist kein Zauberstab", lächelte der hagere Riese. „Es ist ein Feldstock, ein wissenschaftliches Gerät zur Entnahme von Bodenproben." Er wies zu den Klippen hinüber: „Das ist mein Arbeitsgebiet!"

„Sind Sie Bildhauer?" fragte Gérard einfältig.

„Ach, du meinst, ich forme Köpfe oder Tiergestalten aus den Felsbrocken? Nein, nein. Ich bin *Geochronologe!*"

„Geochrono...", begann Henri.

„Spezialist für die Altersbestimmung von Steinen", erklärte der Mann. „Brutto Charivari ist mein Name, Professor Doktor Brutto Charivari. Ich führe hier Probebohrungen und chemische Tests durch."

„Chemische Bodentests, wollten Sie sagen?" fragte Superhirn. Er betonte das Wort „Boden".

Professor Charivari warf ihm einen raschen Blick zu. „Ja, natürlich", erwiderte er. „Selbstverständlich. Bodentests..." Einen Moment schien er etwas verwirrt, dann hatte er sich wieder in der Gewalt. Liebenswürdig sagte er:

„Wenn ihr hier im Hochmoor zeltet, sind wir ja eigentlich Nachbarn. Darf ich euch zu einer Tasse Tee einladen?"

Micha blickte auf seine Hände, als erwarte er, daß der Professor ein Tablett mit Tassen, Kanne, Löffeln und Zuckerdose aus der Luft herbeizaubern würde.

„Gehen wir in meine Hütte!" forderte Charivari die Gefährten freundlich auf. Er wandte sich um und ging voran.

„Am Hinterkopf hat er keinen Bart", flüsterte Gérard kichernd.

„Still!" zischte Superhirn.

„Will der uns wirklich zum Tee einladen?" wisperte Henri.

Ebenso leise meinte Prosper: „Die Sache kommt mir nicht geheuer vor. Er tut ja sehr nett, dieser Stradivari..."

„Charivari", verbesserte Superhirn, kaum die Lippen bewegend. „Ich warne euch! Zeigt ihm nicht das geringste Mißtrauen! Tati, mach nicht so ein besorgtes Gesicht!"

„Mir fallen die Schlafstrahlen ein, der Kiemenhamster, und wenn ich an die unsichtbare Wand denke ...", hauchte Tati.

„Ich wette, der hat gar keine Hütte!" sagte Henri gedämpft. „Er führt uns an ein tiefes Loch und läßt uns hineinstürzen!"

„Er weiß, daß wir Bekannte des Bauern Dix sind, der ihm dieses Gebiet verkauft hat", erwiderte Superhirn. „Da wird er uns nicht so leicht verschwinden lassen."

„Tatsächlich, da ist eine Hütte!" rief Gérard laut.

Es war ein windschiefes, niedriges Bretterhaus mit einem Moosdach. Zwischen einigen Büschen fiel es kaum auf.

Professor Charivari blieb stehen. „Mein Traumschloß", lächelte er. „Es ist kaum länger, breiter und größer als ich, aber da stört mich niemand, wenn ich meine wissenschaftlichen Erkenntnisse zu Papier bringe."

Er öffnete die windschiefe Tür.

„Bitte einzutreten! Herzlich willkommen!"

Da der Pudel furchtlos hineintappte, als vertraue er dem Mann — und als habe er die Aufforderung verstanden, drängte Micha auch gleich in die Hütte. Die anderen folgten.

Das Heidehaus — wenn man's so nennen konnte — bestand aus einem einzigen Raum, der zugleich Küche, Schlafzimmer, Empfangsraum und Studio war. Nur Arbeits- und Waschraum schienen sich im angrenzenden Schuppen zu befinden.

Man sah ein Feldbett, einen Schaukelstuhl, eine Art Seemannskiste, einen schmalen Schrank, einen Hocker, einen Schreibtisch aus roh zusammengefügten Brettern und Wandborde, auf denen alles mögliche stand: Konservendosen, Geschirr, ein Fernglas, Kerzen, verschiedene Schachteln aus Holz und Blech, vor allem aber Bücher, Bücher, Bücher ...

„Tja", lächelte Professor Charivari. „Hier lebe ich nun. Sicher hättet ihr euch die Behausung eines Gelehrten moderner vorgestellt!"

„Das will ich nicht sagen", erwiderte Superhirn höflich. „Viele Forscher müssen sich zurückziehen, um nicht gestört zu werden. Es kommt ja nur darauf an, was sie entdecken wollen."

„Recht hast du, recht hast du!" sagte Charivari schnell. „Es kommt darauf an, was ein Gelehrter macht! Ja, und meine Gesteinsforschungen ..."

„Wo sind denn Ihre Proben davon?" erkundigte sich Superhirn.

„Nicht in dieser kleinen Hütte!" lächelte der Professor. Er strich sich hastig über den kahlen Schädel. „Bei den Klippen benutze ich eine Höhle; sie liegt allerdings ziemlich weit nördlich von hier. Eine Höhle, in der ich das Gefundene analysiere, das heißt untersuche. Meine Beobachtungen beschreibe ich dann in einer ‚wissenschaftlichen Abhandlung', so nennt man das." Er wies auf einen Stoß vergilbten Papiers. Ehe Superhirn noch etwas fragen konnte, sagte er rasch: „Aber nun bereite ich uns den Tee. Es ist sehr nett von Herrn Dix, daß er euch nichts von mir erzählt hat; meine Anwesenheit soll sich nicht herumsprechen. Ohnehin habe ich Glück mit diesem Plätzchen, denn es gilt als verrufen. Der Todesstrand, die Heulenden Klippen, die turbulenten Winde ... Aus Marac wagt sich jedenfalls niemand hierher."

Henri und Tati blickten Superhirn an. Es schien ihnen, als habe Charivari das letzte absichtlich betont. Superhirn machte ein Gesicht, als habe er den gleichen Eindruck.

„Drei Aluminiumbecher habe ich, drei Tassen — zwei allerdings ohne Henkel — und eine kleine Tonvase. Aus der werde ich trinken."

Er schob den Hocker mit dem sonderbaren Teegeschirr heran. „Drei von euch können auf dem Feldbett sitzen, den anderen muß die Seemannskiste genügen. Den Schaukelstuhl hätte ich gern der jungen Dame angeboten, aber ich habe leider so lange Beine ..."

Bald unterhielten sich die jungen Gäste so lebhaft mit dem Professor, als kennten sie ihn seit Jahren, ja, als sei er ihr liebster, väterlicher Freund — und als habe sie seine Erscheinung niemals erschreckt.

Wenn Marcel ein „Superhirn" war, so konnte man den Professor Doktor Brutto Charivari nur als ein „Super-Superhirn" bezeichnen. Er gab auf jede Frage eine Antwort.

Doch als Micha wieder von der unsichtbaren Wand im Freien anfing, von der riesigen Glasglocke, in der er wie ein Gefangener umhergestolpert war, veränderte sich Charivaris Gesicht. Sich hastig den fadendünnen schwarzen Bart streichend, sagte er:

„Euer Superhirn hat schon etwas Richtiges geahnt, als er von einer Winderscheinung sprach. Wind ist ja auch unsichtbar, nicht? Wind ist bewegte Luft — und Luft kann man nicht sehen! Paßt auf, für mich als Gelehrten ist das ganz einfach, ich will es euch erklären: Der Wind hat über die Klippen geweht, aber die erwärmte Luft hat einen Wirbel ausgelöst, dessen Ränder wie eine Wand wirkten. Ich könnte euch das mit Pfeilen und Wellen auf einem Stück Papier aufzeichnen, aber ihr würdet euch nur langweilen. Es muß euch genügen, daß ich mich vor solchen Selbstverständlichkeiten an dieser Steilküste nicht fürchte. Ich bin schließlich ein Wissenschaftler. Ihr könnt also beruhigt sein."

Der Pudel Loulou sprang auf Charivaris Schoß, als sei er für seinen Teil schon völlig beruhigt, und der alte Herr streichelte ihn.

Das lenkte die anderen ab, so daß sie Superhirns argwöhnisches Gesicht nicht sahen. Superhirn dachte über die Erklärung des Professors nach. Und wenn einer die entdeckten Unstimmigkeiten an Superhirns Stirnfalten hätte ablesen wollen, wäre er gewiß erschrocken.

Doch Tati rief munter: „Seht mal, wie zutraulich Loulou ist! Er tut, als sei der Professor sein bester Freund!"

„Hunde haben ein feines Gespür, einen ausgezeichneten Instinkt", lächelte der alte Herr.

Superhirn griff nach einem der vielen Bücher. „Gehört das zu Ihren Arbeitsunterlagen, Herr Professor?" fragte er.

„Gewiß, mein Sohn!" Während Charivari sich mit seinen übrigen Gästen unterhielt, nahm Superhirn ein Buch nach dem anderen von den Borden.

Endlich sagte Tati: „Ich glaube, es ist Zeit, daß wir gehen. Es war furchtbar nett, Herr Professor, daß Sie uns eingeladen haben! Kommen Sie auch mal zu uns? Wir zelten bei der Ruine! Vielleicht besuchen Sie uns mal zum Mittagessen?"

„Mit Vergnügen, mit Vergnügen", erklärte Charivari. Er erhob sich mit einem Seufzer, den Pudel noch im Arm. „Seht euch nur vor, und geht nicht zu den Klippen", mahnte er. „Wie gesagt, ich mache auch hier im Moor meine Tests. Das ist mit gewissen Gefahren für Nichteingeweihte verbunden. Wenn ihr etwas von mir wollt, bleibt jenseits des Baches und ruft nach mir, ich höre euch schon, wenn ich da bin ... Also, auf gute Freundschaft, aber ich hoffe, daß ihr meine einzigen Besucher bleiben werdet!"

„Klar, es soll Sie niemand stören, wir verraten nichts!" rief Gérard.

„Auf gute Freundschaft — und auf Wiedersehen bei uns!" lächelte Tati.

„Komm, Loulou", sagte Micha. Er nahm Charivari den Pudel ab. „Das ist ein netter Onkel. Du siehst ihn ja bald wieder!"

Prosper machte eine respektvolle Verneigung.

Als letzter verabschiedete sich Superhirn.

Die Freunde liefen zum Bach, nahmen ihre Sachen und schlugen den Weg zur Ruine ein.

„Wie man sich doch in einem Menschen täuschen kann", lachte Tati. „Dieser Herr Charivari sah aus wie 'n Geist aus dem Pulverfaß. Ich hab gedacht, er verwandelt mich auf der Stelle in eine Hexe! Dabei ist er ein Gelehrter, der Steinchen sammelt und in einem Vogelfutterhäuschen wohnt! Und daß er ein gutes Herz hat, merkte man an Loulous Verhalten. Er hat nicht ein einziges Mal geknurrt!"

„Ja, aber davon haben wir uns ablenken lassen", meinte Henri. „Wir hätten genauer fragen sollen — der Professor hätte uns sicher noch einiges erklären können ..."

„Ja", ging Gérard sofort darauf ein, „zum Beispiel wegen der Schlafstrahlen und wegen des Kiemenhamsters ..."

„Das alles hat bestimmt viel mit Gesteinsforschung zu tun!" unterbrach ihn Superhirn spöttisch. „Wie paßt denn das zusammen? Kinder, Kinder — ihr seid mir scharfe Beobachter!"

Alle blieben stehen und blickten ihn an.

Auch Superhirn war stehengeblieben.

„Stimmt nun doch etwas mit Professor Charivari nicht?" wollte Henri wissen. „Die Sache mit der angeblichen Glaswand hat er uns doch erklärt!"

„Als ich Micha tröstete und mir was von Windwirbeln ausdachte, hat's der Kleine nicht geglaubt", entgegnete Superhirn ernst. „Quatsch, hat Micha gesagt. Und ich meine, Micha hatte recht."

„Der Professor hätte uns belogen?" Gérard machte große Augen.

„Er hat eine Ausrede gebraucht", erwiderte Superhirn vorsichtig. „Wahrscheinlich vertraute er darauf, daß wir den Worten eines Gelehrten Glauben schenken würden. Dabei war die Erklärung völlig unwissenschaftlich."

„Wieso?" fragte Henri.

„Durch einen Wirbel tritt keine Luftverfestigung ein", sagte Superhirn. „Ich hatte mir gleich gedacht, diese unsichtbare Glocke müsse eine künstliche Abschirmung völlig neuer Art sein. Na, und was hörte ich noch, als ich mich schon verabschiedet hatte? Ich habe übrigens sehr feine Ohren!"

„Na?" fragte Tati gespannt.

„,Verflixt, der Schirm ging zu spät runter!' — das murmelte Charivari, bevor er hinter uns die Tür schloß", sagte Superhirn bedeutsam.

„Der Schirm...?" fragte Micha verständnislos.

„Kein Regenschirm", fuhr Superhirn ärgerlich fort, „sondern ein riesiger, unsichtbarer Schutzschirm, der Unbefugte von der Hütte fernhalten soll. Er stülpt sich wie eine Glocke über die Umgebung, sobald sich jemand nähert!"

„Ja!" rief Henri. „Das unsichtbare Ding soll einen Elektrozaun oder ähnliches ersetzen. Eine Steinmauer oder ein gewöhnliches Gitter wäre zu auffällig, es würde unerwünschte Besucher erst recht neugierig machen — hm. Was man nicht sieht, was man sich nicht erklären kann, ist leicht zu — wie soll ich's ausdrücken?"

„Ist leicht auf eine Sinnestäuschung abzuschieben", half Superhirn. „Selbst die gesamte Feuerwehr von Marac würde sich für besoffen halten, wenn sie nicht durch ein Hindernis käme, das keiner sehen kann."

„Der Professor ist also kein Gesteinsforscher?" fragte Gérard.

„Die Altersbestimmung von Steinen und die Entnahme von Bodenproben sind keine Geheimnisse, die man auf so höllische Weise schützen müßte", erwiderte Superhirn. „Wer eine unsichtbare Abschirmung solcher Art erfindet, überläßt Steinchenforschung getrost anderen Professoren. Übrigens: Die Luftverhärtung an sich wäre eine Weltsensation!"

„Aber er behält die Erfindung als sein Geheimnis zurück!" sagte Prosper. „Warum wohl?"

„Weil er mit diesem Geheimnis ein weit größeres Geheimnis zu schützen hat", vermutete Superhirn. „Auch mit den Schlafstrahlen schützt er dieses unbekannte Geheimnis!"

„Meinst du den Kiemenhamster?" fragte Micha.

„Ach wo! Landtiere in Wassertiere durch Kiemenverpflanzung zu verwandeln, das versucht man seit Jahren schon in Amerika", sagte Superhirn. „Sicher gehört das auch zu dem Rätsel im Moor. Aber es ist nicht das ganz große Geheimnis!"

„Das wir noch nicht kennen?" überlegte Tati. „Vielleicht finden wir es in der Höhle, die er uns nannte."

„Nie!" lachte Superhirn. „Er hat von einer Höhle weiter nördlich gesprochen. Ich nehme an, da können wir suchen, bis wir schwarz werden. Auch das war weiter nichts als ein Ablenkungsmanöver!"

„Aber warum lebt ein Mann, der ein ganz großes Geheimnis zu hüten hat — also ein Weltgeheimnis, nicht? —, warum lebt so 'n Professor in einer Bettelhütte?" fragte Henri.

„Gerade darum!" rief Superhirn. „Er tarnt sich! Er täuscht einen menschenscheuen Gelehrten vor, der nach Steinchen bohrt oder an den Klippen rumkratzt! Ebensogut könnte er behaupten, er sei Schmetterlingssammler!"

„Meinst du, er ist ein schlechter Mensch?" überlegte Tati. Sie schüttelte den Kopf. „Das kann ich nicht glauben!"

„Ja, und er meinte es sogar ehrlich", erklärte Superhirn. „Das macht die Sache ja nur noch verzwickter! Sicher haben weder Herr Bertrand noch Herr Dix den leisesten Zweifel an seiner Aufrichtigkeit. Ich möchte wetten, sie ahnen nicht im Traum, was hier los ist. Dabei zeigten mir allein seine Bücher..."

„Was zeigten sie dir?" rief Gérard begierig.

„Eben daß die Sache mit den Gesteinsproben nur Tarnung ist. Sein Feldgerät, der Stock, war echt. Alles andere halt ich für Mumpitz. Ihr wißt, ich kann dynamisch lesen, also hab ich mir sehr rasch eine Vorstellung von seiner Bücherei gemacht."

„Und was kam dabei heraus?" fragte Tati.

„Während ihr euch unterhalten habt, schnüffelte ich Buch für Buch durch", fuhr Superhirn fort. „Ich fand alles mögliche, nur nichts über Gesteine, Meteorologie, oder gar über Strahlen und Organverpflanzung. Statt dessen blätterte ich in einem alten Kochbuch, in einem dicken Briefmarkenkatalog, einer total veralteten Schwarte über Großturbinen — also Kraftmaschinen —, verschiedenen, längst nicht mehr gültigen Reiseführern, in Büchern über Gartenkunde — und in zerfledderten Ausgaben der Dramen großer Dichter. Kurz, ich fand dasselbe, was man in einem Ramschladen findet."

„Mensch, das könnte mit zu dem Geheimnis gehören", vermutete Henri.

„Dachte ich auch!" nickte Superhirn. „Ich achtete darauf, ob Buchstaben unterstrichen, bestimmte Stellen durchstochen seien, ob manche Seiten Eselsohren hätten — ich habe nichts bemerkt. Nur eins, und das mit Sicherheit: Die Bücher waren so verstaubt, als seien sie monatelang nicht angerührt worden."

„Was schließt du daraus?" fragte Prosper.

„Daß die alten Schmöker auch nur zur Tarnung da sind. Charivari verläßt sich darauf: Wenn wirklich ein Besucher kommt — Herr Dix zum Beispiel —, guckt der nicht in die Bücher hinein. Er sieht nur, daß da ein Haufen Lesbares steht und liegt, wie's sich eben für einen komischen Professor gehört. Er hat auch einen anderen Fehler gemacht!"

Tati runzelte die Stirn. „Welchen?" fragte sie.

„Ihr seid mir gute Beobachter, ich sag's ja!" spöttelte Superhirn. „Denkt mal nach! Ist euch nichts aufgefallen?"

„Wüßte nicht ...", murmelte Gérard.

Die anderen schwiegen.

„Er hat den Teekessel auf seinen Schreibtisch gestellt, auf den Bretterschreibtisch — seit wann ist das ein Herd? Dann hat er den Teebeutel reingehängt — fertig war das Getränk! Und schön heiß, nicht? Micha hat sich die Zunge verbrannt!"

„Junge, Superhirn, du hast recht!" rief Tati fassungslos. „Aber kann er das Wasser nicht vorher warm gemacht haben?"

„Womit und worauf?" erwiderte Superhirn. „Ich habe mich überall umgesehen. Ich habe den Ofen angefühlt, er war kalt. Und der Teekessel kann vorher nicht heiß gewesen sein, sonst hätte Charivari ihn nicht mit beiden Händen angefaßt. Ist euch an dem Ofen nichts aufgefallen?"

„Es war so 'n alter, runder, eiserner Ofen, wie man ihn manchmal im Film sieht, im Wildwestfilm", meinte Henri.

„Er sah so aus!" berichtigte Superhirn. „Aber er schien ziemlich neu zu sein — und für die kleine Hütte war sein Durchmesser reichlich groß!"

„Rätsel, Rätsel, nichts als Rätsel ...!" seufzte Prosper.

„Ja, wahrhaftig", nickte Superhirn. „In dem Bretterschreibtisch könnte ein Mikrowellen-Herd verborgen sein. Wir sind einem Geheimnis auf der Spur — ich nehme an, einem ganz, ganz großen Geheimnis! Wollt ihr immer noch, daß wir im Hochmoor bleiben?"

„Ja!" sagten alle wie aus einem Munde. Sogar Micha hatte zugestimmt.

„Gut", erklärte Superhirn befriedigt. „Ich wäre nicht ‚Superhirn', wenn es mich nicht reizen würde, dieses Geheimnis zu lüften!"

„Und ich wäre nicht Gérard, wenn ich jetzt nicht Hunger hätte", lachte Gérard. „Los, Kinder, gehen wir in unser Lager!"

„Lauft um euer Leben!"

Um die Gemüter wieder ins Gleichgewicht zu bringen, kochte Tati an diesem Abend eine große Menge Mandelpudding mit Rosinen. Nach dem Essen lagen die Gefährten in einer Sandmulde behaglich um ihr kleines Lagerfeuer. Micha streichelte Loulou, Gérard spielte Gitarre, Prosper, Henri und Tati sangen leise mit.

Plötzlich richtete sich der Kleine auf. Er lachte. Er lachte, als habe jemand etwas Lustiges gesagt.

Gérard setzte die Gitarre ab, Prosper, Henri und Tati hörten auf zu singen.

„Was hast du denn?" fragte Tati erstaunt.

„Ich weiß nicht, mir kommt's vor, als hätte ich das alles nur geträumt!" kicherte Micha.

Henri wollte eine scharfe Bemerkung machen, doch Superhirn sagte ruhig: „Der Kleine hat recht. Wenn ihr ehrlich seid, werdet ihr zugeben müssen, daß ihr das gleiche denkt. Unwahrscheinliche Dinge wollen einem einfach nicht in den Kopf."

„Ich weiß, was du meinst", nickte Tati. „Wir sitzen hier am Lagerfeuer, Gérard spielt Gitarre, Micha streichelt Loulou..."

„Und ich hab den herrlichen Nachgeschmack des Puddings auf der Zunge", grinste Prosper.

„Eben!" Superhirn richtete sich auf. „Gitarre, Pudding, Lagerfeuer, Pudel — da haben wir wieder unsere gemütliche Welt. Muß einem da nicht alles andere wie ein Traum vorkommen?"

„Vielleicht war's doch nur Einbildung", sagte Tati, nur zu bereit, das Unheimliche zu verdrängen. Sie lachte. „Superhirn hat uns durcheinandergebracht. Sein Kopf ist 'ne Giftküche, und wir atmen dauernd giftige Gedanken ein!"

„Bravo!" rief Gérard. „Weshalb sollte das mit den Windwirbeln nicht stimmen? Und wie wäre denn die rätselhafte Abschirmung überhaupt ausgelöst worden?"

„Der Pudding macht aus Forschern Schwachköpfe!" erwiderte Superhirn verächtlich. „Vorhin wart ihr noch Feuer und Flamme, das Geheimnis zu lüften, und jetzt streicht ihr euch über eure vollen Bäuche. Ich meine: Der Professor läßt den unsichtbaren Schirm herunter, sobald sich jemand der Hütte nähert. Diesmal hat's nicht geklappt — oder doch erst so spät, daß Micha in die komische Glocke kam. Wie die Luft verfestigt wird, weiß ich nicht. Zur Auslösung der Sicherheitsvorkehrung dient wahrscheinlich ein *Dopplerradar*. So 'n Dopplerradar besteht aus Sender und Empfänger wie das übliche Radar. Es ist dazu geeignet, bewegliche Objekte — Menschen, Tiere, Autos etwa — wahrzunehmen. Es löst Alarm aus oder setzt eine Art Schalthebel — man nennt sie Relais — in Bewegung, oder es tut beides. Wie gesagt, diesmal hat diese Anlage zu langsam gearbeitet, und der Professor mußte wohl oder übel Gastgeber für uns spielen."

„Wenn du das so erklärst, leuchtet einem das immer ein", meinte Prosper. „Denke ich aber daran, wie still und leer das Hochmoor ist und daß man nirgends einen Draht, einen Mast, ein Transformatorenhäuschen, ein Kanalisationsrohr, einen Vermessungsstab sieht, also nichts, was auf Technik hindeutet — dann möchte ich wirklich glauben, die Einsamkeit hat mich zum Spinner gemacht!"

„Ach, wir sehen Gespenster", meinte Tati unwillig. „Stimmt schon, was Prosper sagt. Die Gegend ist einsam. Der Professor wird gewiß ein harmloser Mann sein. Zugegeben, er sieht merkwürdig aus. Aber das ist kein Grund, ihm ein Riesengeheimnis anzudichten. Übrigens leben wir ja alle noch!"

„Und der Kiemenhamster lebt vielleicht auch noch"! erinnerte Superhirn düster. „Ihr habt das Wasserbecken vergessen!"

Tati stand rasch auf. „Ja! Das ist der blödeste Alptraum, den ich je gehabt habe! Wir haben uns da allesamt verguckt! Möchte wetten, es gibt gar kein Wasserbecken — geschweige denn einen Kiemenhamster, der darin mit den Fischen lebt!"

Superhirn schoß hoch. „Ihr seid verwirrt! Nehmt eure Taschenlampen! Wir gehen sofort zu dem Becken hin, und ich zeige euch den Goldhamster im Wasser! Ich will, daß ihr euren Eindrücken traut und ihnen treu bleibt. Sonst ist ja nie im Leben etwas mit euch anzufangen!"

„Ich bin dabei!" erklärte Gérard.

„Ich auch!" sagte Henri entschlossen.

„Na, allein mit Micha und Loulou bleibe ich nicht hier", seufzte Tati, als sie sah, daß auch Prosper aufgestanden war.

Alle holten ihre Taschenlampen, dann setzte sich die kleine Gruppe in Bewegung.

„Keine Angst, ich hab mir die Richtung gemerkt", beruhigte Superhirn. „Da ist der verkrüppelte Baum, daneben das niedrige Buschwerk. — So, da wären wir ..."

Die Lichtkegel der Lampen huschten über den Boden.

Nach einer ganzen Weile räusperte sich Henri: „Und wo ist das Becken?" fragte er.

Die Gefährten starrten auf eine sandige Fläche.

„Ich hätte schwören mögen, daß es hier war", murmelte Superhirn.

„Also doch ein Alptraum", meinte Tati. „Einer hat sich was eingebildet und hat die anderen damit verrückt gemacht. Und dann haben wir fleißig davon geträumt." Sie lachte.

Superhirn beugte sich nieder. „Leuchtet mal alle her!" befahl er. „Was sind das für Spuren?"

„Von Panzern, würde ich sagen", bemerkte Henri verdutzt.

„Meinst du, daß es so kleine Panzer gibt?" fragte Superhirn. „Das müßten dann schon Spielzeugpanzer gewesen sein!"

Er nahm sein Taschenmesser und stach ein paarmal in den Boden. Plötzlich sagte er: „Das Becken war hier!" Er scharrte eifrig mit der Klinge. „Da, ein Stück vom Rand ..." Sich aufrichtend, fügte er hinzu: „Jemand hat die Anlage vernichtet, entweder, weil er sie verraten glaubte, oder weil er fürchtete, sie könne noch entdeckt werden!"

„Das Rinnsal fließt jetzt anders!" stellte Henri fest. „Und hier ist eine Mulde! Da kommt bestimmt der Sand her, mit dem das Becken zugeschüttet wurde."

„Ich begreife ja, daß der Kiemenhamsterbesitzer mit seinem Unfug unentdeckt bleiben wollte", meinte Prosper. „Ob er uns belauert hat? Er könnte das Becken vernichtet haben, als wir beim Professor waren!"

„Wenn ich nur wüßte, was das für Spuren sind", überlegte Superhirn.

„Hier sind Spatenkratzer!" entdeckte Gérard. „Oder Abdrücke von einem anderen Gartengerät!"

„Streitet euch jetzt nicht darum", mahnte Tati. „Ehrlich gesagt, bin ich froh, daß das scheußliche Becken weg ist. Der Besitzer hatte vielleicht Angst, wir könnten ihn dem Tierschutzverein melden. Kommt! Micha muß in den Schlafsack! Er lehnt sich schon ganz schwer an meine Schulter."

„Pst!" machte Gérard plötzlich. „Hört ihr was?"

„Wo ist eigentlich Loulou?" fragte Henri rasch.

„Ich denke, in westlicher Richtung", meinte Superhirn, nachdem er eine Weile gelauscht hatte. „Er bellt! Ist es das, was du gehört hast, Gérard?"

„Klar", erwiderte Gérard. „Ich wunderte mich nur, warum er davongelaufen ist! Das Bellen klingt ziemlich entfernt!"

„Loulou ...!" schrie Micha, der auf einmal hellwach war.

„Wir rennen ihm nach!" entschied Tati. „Ich will nicht, daß er Professor Charivari stört!"

Hastig sprangen die Gefährten über das Hochmoor.

„Etwas nach rechts!" rief Tati. „Da muß Loulou sein. Ich höre das Bellen deutlich!"

„Wartet!" jammerte Micha. „Ich bin hingefallen! So wartet doch! Ich komme nicht nach!"

„Hab ihn schon aufgehoben!" meldete Gérard.

Plötzlich hörten die beiden letzten irgendwo vorn einen gellenden Aufschrei.

„Das war Tati!" keuchte Gérard. „Schneller, Micha, schneller!" Sie erreichten die Spitzengruppe, aber nicht, indem sie sie einholten. Sie stolperten über Henri und Superhirn, die im Heidekraut lagen, und flogen längelang hin.

„Liegenbleiben!" zischte Superhirn. „Seht euch das an! Seht, was da vorbeizieht!"

Auch Tati lag auf der Erde. Nur der Pudel, ein schwarzes Etwas, hopste wie wild im fahlen Licht der Nacht umher.

Und nun sahen auch Gérard und Micha, was den Hund so sehr erregte: Durch die Gräser ratterten auf Raupenketten seltsame kleine Gebilde; sie waren etwa so groß wie Hocker, hatten Türme und kastenförmige Aufsätze mit je einem Scheinwerfer zuoberst und je zwei bläulich schimmernden, metallumrandeten Stiel- oder Glotzaugen darunter.

Da sich die schaurigen Dinger auf ihrem unebenen Weg ab und zu gegenseitig beleuchteten, sah man, daß an Kugelgelenken ausfahrbare „Nürnberger Scheren" befestigt waren. Diese trugen vorn jeweils einen Greifarm, einen Bohrer, eine Schaufel, einen Bagger oder andere Geräte.

„Ein Trupp von kleinen Robotern", flüsterte Superhirn. „Er ist ausgesendet worden, um das Becken zu vernichten!"

„Von wem?" hauchte Henri.

„Das können wir feststellen", meinte Superhirn. „Wir brauchen den ferngesteuerten Apparaten nur nachzugehen."

Plötzlich stieß er einen Laut der Überraschung aus.

„Was ist denn?" fragte Tati.

„Einer von den Roboterkästen ...", begann Superhirn. Seine Stimme klang gepreßt: „Einer hält mit der mechanischen Greifhand ein kugelförmiges Fischglas am Henkel — hoch über dem Turm!"

„Wieso hoch über dem Turm?" murmelte Henri.

„Um den Scheinwerfer und die bläulichen Fernsehaugen nicht zu verdecken", sagte Superhirn. „Aber guckt doch, was in dem Fischglas ist!"

Wortlos starrten die Gefährten auf den Roboter mit der zweigliedrigen Greifhand. Auf und nieder, auf und nieder gingen die Scheinwerfer der surrenden, ratternden Kästen, und plötzlich wurde das Fischglas in der Greifhand des einen beleuchtet:

Man sah das Wasser in dem Glas schwappen. Durch das Rütteln des Kastenroboters auf seinen Ketten wurde ein schattenhaftes Wesen im hochgereckten Behälter mitgeschüttelt...

„Der Kiemenhamster!" schluckte Henri entsetzt. „Die Roboter haben das Becken vernichtet, den Kiemenhamster aber geborgen. Sie bringen ihn zu Professor Charivari, und damit ist bewiesen..."

„Nichts ist bewiesen!" sagte Superhirn entschlossen. Er stand auf. „Aber ich gehe der Sache jetzt auf den Grund!"

Henri hielt sich neben ihm. „Die Roboter muß der Professor ja in die Hütte lassen", überlegte er. „Da kann die Abschirmung nicht runtergehen, und wir schmuggeln uns mit in das Schutzgebiet ein. Dann stehen wir arglos vor der Hütte und fragen den Professor, was das alles bedeuten soll. Umbringen kann er uns ja nicht!"

„Denke ich auch", murmelte Superhirn. Sie hatten die letzten Roboter erreicht, und Superhirn schaltete die Taschenlampe an. Im gleichen Moment vermischte sich Loulous Jaulen mit Henris Gebrüll. Superhirn stieß vor Schreck nur ein Ächzen aus.

Die Roboter schwenkten die Türme mit den bläulichen Glotzaugen herum und starrten die Verfolger an. Die Lichtkegel der Scheinwerfer tasteten über das Moor. Einer strahlte Henri voll an.

Aber das war noch nicht das Schlimmste!

Die Roboter wendeten auf ihren Ketten, als wollten sie zum Angriff ansetzen. In den Scheinwerfern sah man das Fischglas mit dem schrecklichen Inhalt.

„Weg!" brüllte Superhirn. „Lauft! Lauft um euer Leben!"

Mit hochgejagten Motoren und rasselnden, klirrenden Ketten rasten die Roboter hinter den Fliehenden her. Vor

Superhirn und Henri lief der Pudel. Tati, Gérard, Prosper und Micha flitzten aus ihren Deckungen hervor.

„Sie holen uns ein!" schrie Micha.

„Langsam", keuchte Superhirn, „ich glaube, die Gefahr ist vorbei. Sie sind umgekehrt! Sie wollten uns nur verjagen!"

„Nur!" japste Tati. „Nur ...!"

Die Gefährten erreichten das niedergebrannte Lagerfeuer.

Während sich die einen hinhockten, um zu verschnaufen, stocherte Henri stirnrunzelnd in der Glut.

Endlich sagte Superhirn: „Glaubt ihr jetzt, daß wir uns nichts eingebildet haben? Alles, was bisher geschah, reimt sich irgendwie zusammen! Irgendwie! Ich bin davon überzeugt, daß der Professor die Roboter von der Hütte aus ferngelenkt hat, und ich wette, sie sind auch dahin zurückgekehrt!"

„Zwölf Schnackel-Apparate in der kleinen Hütte?" rief Gérard. „Du machst mir Spaß. Ich habe keinen einzigen Roboter gesehen, als wir dort Tee tranken! Oder meinst du, Charivari hat die Einzelteile in seiner Seemannskiste verwahrt und baut sie zu wandernden Maschinen zusammen, wenn er sie braucht?"

„Was ich meine, ist im Augenblick gleichgültig", sagte Superhirn ärgerlich. „Jedenfalls ist uns noch einmal bestätigt worden, daß das Hochmoor ein schreckliches Geheimnis birgt! Niemand von uns kann jetzt noch daran zweifeln!"

„Genau!" rief Tati wütend. „Aber das verbessert unsere Lage nicht. Im Gegenteil! Geheimnis? Gut und schön! Auch merkwürdige Erlebnisse will ich gelten lassen, wenn ich sicher bin, daß ich heil davonkomme. Diese Geschichte mit den Robotern ändert alles. Sie haben gefährliche Geräte, sie können ferngesteuert werden, wie du sagst, und sie hätten uns beinahe angegriffen!"

„Wer bürgt uns dafür, daß sie uns heute nacht nicht im Schlaf überfallen?" fragte Gérard düster.

„Wenn sie uns was tun wollten, so wär vorhin Gelegenheit genug gewesen", entgegnete Superhirn. „Charivari —

oder wer immer diesen Trupp gesteuert hat — betrachtet uns nicht als Feinde."

„Als was denn dann?" erboste sich Gérard. „Als Trottel, die sich alles gefallen lassen? Erst legt er uns für vierundzwanzig Stunden schlafen, ohne daß wir wissen, wie er das gemacht hat. Dann dürfen wir uns über seinen Kiemengoldhamster vor Ekel schütteln; schließlich sperrt er Micha in eine unsichtbare Riesenglocke, beschwindelt uns nach Strich und Faden und jagt uns mit 'ner Horde von Robotern übers Moor! Geht man so mit seinen Freunden um?"

„Also, ehrlich gesagt", begann Prosper, „ich zweifle daran, daß wir das Rätsel lösen können. Wir sollten unser Zeug zusammenpacken und in aller Stille abhauen!"

„Das ist doch nicht dein Ernst?" rief Henri.

„Wenn es nicht sein Ernst ist, dann ist es meiner", erklärte Tati entschieden. „Wir legen uns jetzt hin, schlafen ein paar Stunden, und in der Frühe holt jemand Herrn Bertrand, damit er uns im Auto von hier wegfährt. Irgendwo hinter Marac werden wir sicher einen besseren Zeltplatz finden. Und wenn er nicht besser ist, so wird er wenigstens nicht so unheimlich sein!"

Superhirn nickte. „Gut, wenn ihr wollt. Vielleicht seht ihr die Dinge bei Tage ganz anders. Wenn nicht, so weiß ich zur Not ein hübsches Plätzchen: in Monton, im Park meines Onkels. Da gibt's sogar einen Teich, auf dem man Kahn fahren kann. Schlaft schön! Henri, du bleibst hier! Wir entfachen das Feuer neu und halten abwechselnd Wache!"

Das Geheimnis der alten Hütte

Als es Tag wurde, herrschte über dem westlichen Teil des Hochmoores Nebel.

Tati, Micha und Loulou schliefen in dem einen Zelt, Gérard und Prosper in dem anderen. Henri war nach seiner letzten Wache am Feuer eingenickt. Superhirn bemühte sich, ein paar Zweige von den knorrigen Büschen zu brechen. Als er genügend Holz im Arm hatte, trat er den Rückweg an.

Plötzlich blieb er wie erstarrt stehen.

Wie sah denn die Nebelwand vor der Steilküste aus? Daran, daß es natürlicher Nebel war und kein künstlicher Hokuspokus, zweifelte Superhirn nicht.

Doch der Nebel wurde hier und da gleichsam durchlässig. Nicht etwa, daß er ins „Ziehen" gekommen wäre oder sich unregelmäßig aufgelöst hätte, beispielsweise in Schleier, Fetzen oder traumgleiche Zufallsgebilde...

Nein!

Superhirn runzelte die Stirn. „Das sieht aus wie Tunnels", murmelte er vor sich hin, „wie Röhren, die mit riesigen Trinkhalmen in die Nebelwand hineingeblasen wurden!"

Er stand und überlegte. Unbekannte Strahlung? Oder unsichtbare Infrarotscheinwerfer, die mit ihrer Wärme den Nebel auflösen sollten?

Aber wem konnte es nützen, Nebel über dem Klippengebiet zu beseitigen? Das Hochmoor war doch kein Flugplatz!

In Gedanken versunken, ging Superhirn zum Lager zurück. Eben lief Tati mit ihren Waschsachen zur Nische in der Ruine, in der die Quelle floß.

„Ich habe den Wasserkessel gefüllt!" rief sie. „Weck bitte Gérard und Prosper! Sie sollen schon mal anfangen, Frühstück zu machen. Je eher wir von hier wegkommen, desto besser!"

Superhirn erwiderte nichts...

Er beobachtete den Nebel, der sich immer mehr lichtete: Es bestand für ihn nicht mehr der geringste Zweifel daran, daß die Wand sich nicht von selber auflöste. Doch was hätte es für einen Zweck gehabt, den Freunden seine Beobachtungen mitzuteilen? Sie hatten die Nase voll, sie wollten das Hochmoor verlassen.

Und schon sagte Tati: „So, nun wird gepackt! Superhirn, bist du so nett und fährst mit dem Rad zu Herrn Bertrand, damit er uns abholt?"

„Aber wo soll er uns hinbringen?" fragte Henri. „War das dein Ernst, Superhirn? Ich meine, daß wir in Monton bei deinem Onkel..."

„Klar!" erwiderte der Freund. „Was ich gesagt habe, hab ich gesagt! Ich schwinge mich jetzt also auf mein Stahlroß und schnappe mir Herrn Bertrand!"

Doch die Gruppe saß bis zum frühen Nachmittag auf ihrem Gepäck, und Superhirn war längst wieder zurück, ehe Herr Bertrand kam. Er schaukelte und knatterte auf einem alten Motorrad heran.

„Kinder", rief er. „Ausgerechnet heute wollt ihr weg? Was ist denn los? Habt ihr euch gezankt?"

„Nein", rief Tati rasch. „Superhirn wird Ihnen ja erzählt haben, daß er uns zu seinem Onkel nach Monton eingeladen hat!"

„Sicher, sicher!" rief Herr Bertrand bestürzt. „Aber muß das gerade heute sein? Mein Kombi ist kaputt, den kleinen Wagen hab ich verborgt, und auf dem Motorrad kann ich keine sechs Personen mit drei Zelten befördern!"

„Es geht ein Bus nach Monton, auf halber Strecke nach Marac ist die Haltestelle", sagte Superhirn. „Der nimmt auch mein Rad mit!"

„Ach ja, das Rad wär ja auch noch mitzunehmen", überlegte Herr Bertrand. „Wollt ihr nicht doch lieber so lange bleiben, bis mein Kombi wieder heil ist?"

„Nein", entgegnete Tati entschieden. „Wir bedanken uns sehr, Herr Bertrand, es war schrecklich — schrecklich nett hier, aber Micha ist ein bißchen erkältet, und da uns Superhirn nun mal eingeladen hat..."

„Verstehe, ihr wollt auch etwas Abwechslung in den Ferien haben", nickte Herr Bertrand. „Hm, junge Leute sind schnell in ihren Entschlüssen." Er lachte. „Gut, dann schick ich euch meinen Freund Richard, der wird euch das Gepäck zur Bushaltestelle fahren. Aber ihr kommt doch von Monton aus noch mal bei uns vorbei?"

„Natürlich", lächelte Tati. „Wir müssen uns ja noch bei Ihrer Frau bedanken — und bei Herrn Dix!"

„Also, dann — macht's gut!" rief Herr Bertrand. Er wendete das Motorrad und fuhr der fernen Umzäunung zu. Die Freunde sahen noch, wie er den Kopf schüttelte.

„Soll er denken, was er will", erklärte Tati. „Hauptsache, wir kommen hier weg! Wir wollen auch niemandem etwas von unseren Erlebnissen erzählen! Ich möchte nämlich nicht, daß uns einer für verrückt hält!"

In diesem Augenblick erscholl hinter ihnen ein Getöse, ein Brausen und Donnern, als flögen die Klippen zum Himmel.

Der Zwergpudel verschluckte sich vor Schreck, so daß er mehr hustete als bellte. Tati und die fünf Jungen drehten sich um. Sie sahen eine Feuerzunge über dem Meer in die Höhe schießen ... Der Nebel hatte sich völlig gelichtet. Hinter dem höher und höher sausenden Feuerschweif bildete sich im blauen Himmel eine immer länger werdende weiße Säule ...

„Ein Seenotsignal!" hauchte Gérard.

„Quatsch", räusperte sich Henri. „Hast du schon mal so ein Notsignal gesehen, so ein ..." Er suchte nach Worten.

„Die weiße Säule bleibt in der Luft stehen!" staunte Prosper.

Micha klammerte sich an Tati, und Tati rief Superhirn fast vorwurfsvoll zu:

„Was ist denn das nun wieder?"

„Auf jeden Fall kein Kiemenhamster", murmelte Superhirn spöttisch. Er beobachtete die Erscheinung angespannt.

„Du weißt doch sonst alles!" ärgerte sich Tati. „Jetzt, wo wir den Spuk hinter uns bringen wollen, stehst du da wie diese Säule. Nur kleiner und dünner! Ach, ich wollte, Herrn Bertrands Freund käme schnell mit dem Wagen!"

„Und ich wollte, er käme nicht", sagte Superhirn mit verblüffender Entschiedenheit. „Was da eben hochging, muß eine Rakete, ein Raumschiff, gewesen sein! Und solche Dinge sind mein Hobby!"

„Dein Hobby!" rief Gérard. „Du meinst, deinem Hobby zuliebe hätte hier einer 'n Raumschiff gestartet? Bist wohl größenwahnsinnig!"

„Außerdem ist im Hochmoor keine Abschußrampe!" setzte Henri hinzu.

Prosper grinste, obwohl er noch ganz bleich war.

Ruhig erklärte Superhirn: „Daß im Hochmoor keine Abschußrampe ist, hab ich auch schon bemerkt. Ihr seid reichlich schlau, Freunde. Der Kondensstreifen, also die weiße Säule, steht etwa dreitausend Meter über dem Wasser, soweit ich das von hier aus beurteilen kann. Der Streifen endet schätzungsweise in zwölftausend Meter Höhe — hm." Er überlegte einen Moment und fügte hinzu: „Wäre nicht auch eine unterseeische Abschußrampe denkbar?"

Henri, Gérard und Prosper machten große Augen.

Auch Tati gewann plötzlich ihre Neugier zurück. „Meinst du etwa, das könnte das große Geheimnis sein?"

„Der Gipfel des Geheimnisses", nickte Superhirn. „Der Hauptpunkt, dem alles, was wir hier erlebt haben, zuzuordnen ist. Wie, das weiß ich allerdings noch nicht!"

„Aber ich will es rauskriegen!" rief Henri. Seine Augen funkelten wieder vor Unternehmungslust. „Nehmt's mir nicht übel, ich bleibe hier!"

„Wenn's ein Raumschiff war ...", meinte Gérard. „Hm. Tja. Das ist was Wichtigeres als Superhirns Onkel! Ich schätze, im Teich von Monton gibt es keine unterseeische Abschußrampe!"

„Das möcht ich wetten!" sagte Prosper. „Wir hätten unsere Zelte nicht abbrechen sollen. Ich würde jetzt auch gern bleiben!"

„Was?" rief Micha. „Ich soll wohl allein nach Monton? Kommt nicht in Frage! Ich will das Raumschiff von nahem sehen!"

Superhirn lachte. „Ob dir dieser Wunsch in Erfüllung geht, weiß ich nicht. Aber wir behalten dich gerne hier. Die Frage ist: Was beschließt Tati?"

„Ich füge mich der Mehrheit", sagte Tati. Sie lächelte sogar. „Soviel Schneid wie ihr hab ich schon lange. Dumm ist nur, daß Herrn Bertrands Freund unser Gepäck bald holen wird!"

„Quatsch! Rein mit dem Gepäck in die Ruine! Wir verbergen es in einer Nische!" schlug Superhirn vor. „Ich lege meine alte Mütze vor den Eingang und steck einen Zettel rein: ‚Vielen Dank, Herr Richard, wir haben zufällig einen Lastwagen gefunden, der uns nach Monton bringt. Grüßen Sie Herrn Bertrand und Frau, Herrn Dix...' und so. Sollen sie denken, wir seien über alle Berge. Ich will unbedingt zu den Klippen, jede Sekunde scheint mir wichtig. Und ich möchte vermeiden, daß uns jemand nachläuft!"

Plötzlich hatten alle ihre Ängste, ihre Bedenken und ihren Abfahrtsentschluß vergessen. Eilig folgten sie Superhirns Vorschlag, das zusammengeschnürte Gepäck und das Rad in der Ruine und in hohen, dichten Büschen zu verbergen.

Superhirn schrieb die Nachricht an Herrn Bertrands Freund, steckte sie in seine alte orangefarbene Mütze und legte sie — mit einem Stein beschwert — vor die Ruine.

„Und was nun?" fragte Henri begierig.

„Jetzt gehen wir schnurstracks zu Professor Charivari", grinste Superhirn. „Hat er nicht gesagt, wir dürften ihn jederzeit besuchen? Ich möchte sehen, was er für ein verdutztes Gesicht macht..."

Die sechs Freunde mit ihrem Pudel erreichten den kleinen Bach. „Professor Charivari!" riefen sie im Chor. „Pro-fes-sor Cha-ri-va-ri...!"

Doch sie mochten schreien, so laut sie konnten — der Mann mit dem Fadenbart und dem gelben Kahlschädel ließ sich nicht blicken.

„Er hat doch aber gesagt, wir sollen am Bach nach ihm rufen, wenn wir ihn sprechen wollen", meinte Micha.

„Wenn er da ist!" fügte Gérard bedeutsam hinzu.

„Kinder! Könnte er nicht in dem Raumschiff geflogen sein?" fragte Prosper in plötzlicher Eingebung.

„Der Pudel!" rief Henri. „Er läuft ins westliche Moor, als gäb's keine unsichtbare Wand!"

„Stimmt", nickte Superhirn. „Möglicherweise hat Charivari es nicht mehr nötig, die Stelle abzuschirmen, und vielleicht ist er wirklich nicht mehr da!"

"Na und? Was sollen wir dann noch hier?" erkundigte sich Henri. Seine Stimme klang enttäuscht.

"Wir könnten alles in Ruhe erforschen", meinte Tati, "und wir brauchten uns vor unheimlichen Überraschungen nicht zu fürchten!"

"Das wäre immerhin auch etwas wert!" sagte Superhirn. "Kommt, wir gehen zur Hütte!"

Ohne auf ein sichtbares oder unsichtbares Hindernis zu stoßen, erreichten die sechs das windschiefe Bretterhaus mit dem Moosdach. Es stand da so still und einsam zwischen den Sträuchern, als hätte niemals jemand darin gewohnt.

"Herr Professor Charivari ... Hallooo ...!" krähte Micha.

In der Hütte regte sich nichts.

Henri klopfte mit dem rechten Zeigefinger an die Tür. "Au!" rief er, die Hand erschrocken zurückziehend.

"Was hast du?" fragte Tati erstaunt.

Henri steckte den Fingerknöchel in den Mund. "Es war, als hätt ich gegen eine Panzertür geschlagen", knautschte er.

"Aber das ist doch ein morsches Holzding", rief Gérard. "Da pfeift der Wind durch alle Ritzen!" Er hob die Faust und schlug gegen die Bretter. Nun schrie auch er:

"Au! Au! Verflixt!"

Sich die rechte Faust mit der linken Hand reibend, hüpfte er auf einem Bein umher. Sein Gesicht war schmerzverzerrt.

Superhirn stemmte sich mit der Schulter gegen die Tür. Sofort sagte er:

"Zwecklos. Sieht zwar aus wie brüchiges Holz, ist aber hart wie Tresorstahl. Da kommen wir nicht hinein!"

Er ging zum Fenster.

Von der anderen Seite meldete Gérard: "In den Schuppen kann ich auch nicht rein, dabei hängt die Tür in den Angeln! Sieht sogar aus, als sei sie einen Spalt breit offen!"

"Hier liegt eine Axt!" rief Gérard.

"Bring sie her!" befahl Superhirn.

Alle versammelten sich vor dem Fenster.

"Was willst du tun?" fragte Tati. "Etwa die Scheibe einschlagen?"

Schweigend nahm Superhirn Gérard die Axt ab und drückte den Stiel gegen das Glas.

„Was denn? Das geht nicht kaputt?" wunderte sich Micha, der schon öfter mit seinem Ball Fensterscheiben eingeworfen hatte.

„Ist es aus Plastik?" fragte Henri.

„Das Glas?" erwiderte Superhirn spöttisch. „Hast du 'ne Ahnung! Höchstens das Beil!"

Er befahl den anderen, zurückzutreten, faßte die Axt am Stiel, holte aus und ließ die schwere Klinge gegen das Fenster sausen. Der massive Stiel zerbrach, der Stumpf mit der Klinge wirbelte durch die Luft!

Waff! Waff! bellte Loulou erschrocken.

Aber das Glas in dem schiefen, kleinen Fenster war heil geblieben.

Keuchend brachten Gérard, Henri, Prosper und Micha einen großen Ast geschleppt.

„Den fanden wir unter einem Baum!" prustete Henri. „Wir benutzen ihn als Ramme."

„Gebt euch keine Mühe", erklärte Superhirn. „Die Hütte ist uneinnehmbar!"

„Uneinnehmbar?" rief Tati.

„Wie der Stahlschrank der Bank von England", grinste Superhirn.

Alle betrachteten die windschiefe, jämmerliche Hütte.

„Dieses Häuschen — wie der Stahlschrank der Bank von England!" Prosper schüttelte den Kopf. „Vergleiche hast du, Superhirn!"

„Ich könnte auch sagen: widerstandsfähiger als ein Panzerschiff!" erklärte Superhirn ungerührt.

Doch kaum hatte er das gesagt, geschah etwas völlig Unerwartetes: Jeder Gewalt hatte das klägliche Brettergebäude mit dem lächerlichen Dach getrotzt. An der Fensterscheibe war sogar der Axtstiel zerbrochen. Da brachte der Zwergpudel die Hütte durch einen leichten Nasenstüber zum Einsturz ...

Ja! Alle sahen es! Der Zwergpudel Loulou schnüffelte an der Bretterwand herum, kam mit der Nase dagegen — und die Hütte brach wie ein Kartenhaus zusammen!

Eine Reihe von knirschenden Geräuschen, eine Wolke von Staub — alles, woraus das kleine Gebäude einmal bestanden hatte, lag in Trümmern über- und untereinander!

Henri und Superhirn räumten als erstes die Moosfetzen, Ziegel, Schindeln und Bretter beiseite.

„Professor Charivari!" rief Superhirn. „Sind Sie da? Hören Sie uns? Brauchen Sie Hilfe?"

„Wer da drunterliegt, braucht keine Hilfe mehr!" meinte Gérard.

Doch Superhirn befahl: „Packt alle mit an! Schafft einen Gang durch die Trümmer!"

Tati half — aber der Zweck der Arbeit leuchtete ihr nicht ein: „Charivari ist sicher weg", meinte sie. „Und was in der Hütte drin war, kennen wir! Oder suchst du den widerlichen Kiemenhamster?"

„Ich suche den Schlüssel", keuchte Superhirn, in Schweiß gebadet, „den Schlüssel zum großen Geheimnis! Und der ist in der Hütte — oder in den Trümmern. Wäre der jämmerliche Bau sonst durch ‚Panzerstrahlen' geschützt gewesen? Ich nenne diese zweite Abschirmung innerhalb der ersten, die wir erlebt haben, jetzt einmal so. Außerdem habe ich im Sand vor dem Eingang wieder die Spuren gesehen..."

„Welche Spuren?" fragte Tati.

„Die mir am zugeschütteten Kiemenhamster-Becken auffielen. Es sind die Kettenspuren der Roboter!"

Tati richtete sich auf. „Der Ro..." Sie unterbrach sich und fuhr hastig fort: „Und trotzdem suchst du hier noch herum?"

„Wenn die Roboter da wären, hätten sie uns längst verjagt", erklärte Superhirn. „He, was ist das da? Ach, der sonderbare Ofen!"

Er betrachtete das freigelegte Ding, das nicht umgefallen war, genau. Plötzlich griff er zu und klappte die Oberfläche wie einen Deckel zurück.

Ein paar Herdringe kamen zum Vorschein.

Superhirn nahm die Herdringe heraus. „Eine Leiter!" stellte er fest.

„Im Ofen...?" rief Henri.

Neugierig stapften die anderen heran.

Gérard blickte über den Rand des runden Ofens. „Kinder, das Ding ist hohl — und wirklich, drinnen ist 'ne Leiter, die in die Tiefe führt!"

„So", sagte Superhirn fest, „jetzt heißt es sich entscheiden. Hier ist der Zugang zum Geheimnis, dessen bin ich sicher: Der Zugang zu dem ganz großen Geheimnis, das außer ein paar Leuten noch kein Mensch auf Erden kennt. Überlegt es euch, aber überlegt es euch gut! Habt ihr den Mut, mir zu folgen?"

Eine Weile herrschte spannungsgeladenes Schweigen.

Endlich sagte Micha: „Ich komme mit! Aber wer trägt den Pudel?"

„Ich!" Tati nahm das Tier auf den Arm...

„Monitor"

Gérard stieg als letzter die Leiter hinab. Er hatte Anweisung, die Herdringe, so gut es ging, wieder zurechtzurücken, vor allem aber, den Deckel zu schließen.

Die Freunde erwarteten, in ein Gewirr natürlicher Höhlen zu gelangen, in ein Felslabyrinth, das zu den Klippen führen würde. Statt dessen standen sie am Fuß der Leiter vor einem eichenen Schrank. Als Superhirn ihn mit seiner Taschenlampe anstrahlte, öffneten sich die schweren Türen lautlos nach hinten und gaben einen langen, schmalen Gang frei. Aber nicht etwa einen modrig riechenden, feuchten Höhlengang, sondern einen blitzsauberen, modernen Flur mit Kunststoffboden, glatten, metallisch schimmernden Wänden und kühlem, indirektem Licht...

„Sind wir hier", Micha schluckte, „sind wir hier in einem Kaufhaus...?"

„Scheint so", grinste Superhirn. „Bloß die Ware fehlt! Los, folgt mir!"

Die Freunde und Loulou tappten dem Anführer nach.

„Ist da nicht eine Tür?" fragte Henri, Superhirn über die Schulter spähend. Er hatte kaum ausgesprochen, als sich die Tür von selber öffnete.

Dahinter war niemand.

Der Gang machte einen Knick.

Und wieder sprang eine Tür auf.

„Halt!" befahl Superhirn. „Dort ist eine Falle! Oder das Sicherheitssystem ist gestört!"

Sie blickten in einen großen Raum, der gleißend hell erleuchtet war. Decke, Wände und Fußboden bestanden aus Kunststoff. Alles war so sauber, als hätten erst kürzlich zwei Dutzend Putzfrauen hier gewirkt. Doch man sah kein Möbelstück, statt dessen aber technische Teilchen, Bruchstücke, Plastiktrümmer, kleine Nieten, Schrauben, Federn, Röhren, Antennen — und Werkzeuge, die den sechs „Forschern" eigentümlich bekannt vorkamen.

„Die Roboter! Die haben sich wohl gegenseitig vernichtet. — Seht! Da ist auch das Fischglas — es ist leer — und da liegt der Kiemenhamster — tot ...!"

„Wollen wir nicht doch lieber umkehren?" fragte Tati. „Micha fürchtet sich!"

Doch der Kleine hatte ausgerechnet hier unten keine Angst. „Es ist ja helles Licht!" erklärte er. „Ich fürchte mich nur im Dunkeln oder im Freien."

Das Ganze erinnerte ihn so sehr an ein hochmodernes Kaufhaus, wie er meinte, daß er sogar die Trümmer ringsum nicht weiter beachtete. Wahrscheinlich hoffte er, irgendwo auf eine Spielwarenabteilung zu stoßen ...

„Also weiter!" murmelte Superhirn.

Sie stiegen über die Teile der zerstörten Roboter und gelangten in einen zweiten Raum.

Hier glaubten sie in einer Schaltzentrale zu sein, wie sie sie vorher nur in Science-fiction-Filmen gesehen hatten: Decke und Fußboden waren glänzend weiß. An den Wänden befanden sich Metallschränke, in denen es fortwährend knackte. Doch was die Blicke am stärksten fesselte, waren die fernsehähnlichen Bildschirme zwischen zwei Schränken.

„Runde Bildschirme?" staunte Prosper. „Und sie schimmern grünlich! Manche haben ein quadratisches Linienmuster!"

Gérard blickte an den Schränken hoch. „Spulen mit Tonbändern, die sich vor- und rückwärts drehen! Mal laufen sie langsam, mal schnell, mal bleiben sie stehen!"

„Was leuchtet denn da überall auf?" fragte Micha. „Orange, grün, violett, rot, blau, gelb ..." Er starrte auf eine Schrankwand.

„Signallampen", sagte Superhirn.

Tati stieß einen leisen Schrei aus: „Seht — das eingebaute Bord ...!"

„Was ist da?" Henris Kopf fuhr herum.

„Schreibmaschinen!" meldete Tati. „Die Typenhebel bewegen sich wie wild, fast geräuschlos, aber sie bewegen sich — ohne Bedienung!"

Alle drängten heran, nur der Pudel kümmerte sich um nichts.

„Wie verhext!" murmelte Prosper. „Die Typenhebel rasen! Aber ich sehe kein Tipfräulein!"

„Was schreiben die Maschinen denn?" wollte Gérard wissen.

„Zahlen", sagte Superhirn, „ganze Zahlenkolonnen, unendliche Reihen von Zahlen!"

„Guckt mal!" Micha hatte etwas entdeckt. Er deutete auf die runden Bildschirme.

„Da erscheinen plötzlich wilde Kurven!" stellte Henri fest. „Wo mögen wir hier sein, Superhirn?"

„Das Ganze ist eine elektronische Anlage", erklärte der Freund. „Zum Teil ein sogenannter ‚Rechner' — alles zusammen ein riesiges Elektronengehirn!"

In einer Ecke befand sich unter Glas ein Plattenstapel. Von Zeit zu Zeit klappte eine Platte herunter, und ein Doppelarm, der wie eine Zange aussah, fuhr in die Lücke hinein.

„Wo sind denn die Menschen, die alles ein- und ausschalten?" erkundigte sich Micha.

„Hier braucht man keine", sagte Superhirn. „Los, gehen wir weiter!"

Wieder öffneten sich die Türen vor ihnen von selber.

Und auf einmal befanden sie sich in einem großen Raum. Er unterschied sich von allen bisherigen, weil er nicht eckig, sondern eiförmig war. Die indirekt, also unsichtbar beleuchteten Wände schienen aus Silber zu sein. Der sonderbare Saal wirkte auf den ersten Blick völlig leer. Vielmehr: es hätte so wirken können, wäre nicht der Schreibtisch — ein merkwürdiger Schreibtisch mit Tastaturpulten — in der Mitte gewesen.

Nach allem hätte dieser Tastaturschreibtisch in dem eiförmigen Riesenraum die Besucher auch nicht mehr allzusehr beeindruckt, wenn nicht . . .

„Da liegt der Professor!" hauchte Tati.

Professor Charivari lehnte mit geschlossenen Augen und offenem Mund in einem Drehsessel. Seine Stirn war blutig, seine Arme hingen schlaff über die Seitenlehnen. Auch auf dem weißen Kittel, den er jetzt trug, sah man rote Flecke.

Der erste, der Worte fand, war Superhirn: „Offenbar ist er überfallen worden und hat sich im letzten Augenblick zu den Tastaturen geschleppt. Dann ist er ohnmächtig in den Sessel gefallen!"

Er schritt zum Schreibtisch, die anderen folgten ihm. Der Zwergpudel winselte leise.

Superhirn untersuchte die Wunde des Professors; dann drehte er den Stuhl und stellte fest: „Er hat auch einen mächtigen Schlag auf den Hinterkopf gekriegt! Tja, was machen wir? Er braucht dringend Erste Hilfe!"

„Vor allem muß er ins Bett!" sagte Tati. „Aber wo ist hier ein Bett?"

Zum Entsetzen der Gefährten ertönte auf Tatis letztes Wort eine schleppende Maschinenstimme:

„Taste Zero-zero-zero-zero-drei-eins-sieben . . ."

Waff! machte Loulou.

„Zero?" schluckte Micha.

„Das heißt ‚Null'", erklärte Superhirn rasch. Er blickte über die Tasten. „Das ist die obere Reihe, hier, rechts . . ." Er drückte mit dem Zeigefinger und wiederholte dabei: „Zero-zero-zero-zero-drei-eins-sieben . . ."

Klapp, machte es an der gegenüberliegenden Wand. Man sah eine Lücke — und davor ein Bett.

„Nicht wundern, sondern zupacken!" befahl Superhirn. Mit vereinten Kräften schleppten sie den Professor hinüber und legten ihn vorsichtig auf das Bett. Dann ging Superhirn zum Schreibtisch zurück. „Ich möchte wissen, weshalb Tatis Frage beantwortet wurde. Das war kein Mensch, das war ein Apparat! Aber wie bedient man den, wie funktioniert der?" Er sah sich um. „Es kann kein Zufall sein, daß dieser Raum eiförmig gebaut ist. Was heißt eiförmig — elliptisch! Das muß einen Grund haben!"

Tati trat näher. „Es ist jetzt keine Zeit, das zu untersuchen. Was machen wir mit Charivaris Stirnwunde?"

Wieder ertönte die Maschinenstimme:

„Liegen lassen! Nicht rütteln, da Gehirnerschütterung! Auch nicht wecken und ansprechen! Gedankenarbeit könnte zu Spätschäden führen! Für Behandlung der Stirnwunde Taste acht-acht-neun-sechs-a-b-k!"

Superhirn wurde furchtbar aufgeregt. „Kinder, das ist eine Entdeckung! Was da antwortet, ist ein elektronischer *Sprachanalysator!* Ein tolles Gerät, das auf menschliche Worte anspricht! Es kann uns Fragen beantworten! Habt ihr gemerkt, wie es auf Stichworte reagiert?"

Nun stellte Gérard einige Fragen — aber ohne Erfolg. Der Sprachanalysator schwieg . . .

„Er antwortet nur, wenn man auf einem ganz bestimmten Punkt steht", behauptete Superhirn. „Warum ist der Raum elliptisch? Weil man zwei Brennpunkte gebraucht hat, damit der Sprachanalysator funktioniert. Im ersten Brennpunkt ist der ‚Fragepunkt', im zweiten der ‚Hörpunkt'! Micha! Stell dich mal dorthin, wo Tati eben gestanden hat. Und dann frag etwas!"

„Wo kann ich endlich was zu essen kriegen?" rief der Kleine. Er hatte das Wort „essen" kaum ausgesprochen, da tönte es schon aus dem Lautsprecher: „Taste B-b-b-y-2-9-x-x . . ."

Micha wollte sich fast über die Tastatur werfen, so begierig war er, eine Mahlzeit zu erhalten. Doch Tati zog ihn zurück.

„Ich brauche Anweisungen, wie ich die Wunde des Professors behandeln soll!"

Sie stellte sich an den erprobten Punkt, und der Lautsprecher beantwortete viele der gegebenen Stichworte. Er nannte die Taste, die den Arzneimittelschrank öffnete: Tupfer, keimfreier Verbandsmull, Pinzette, Schere und Wundbinden glitten wie von selbst in Kästchen oder auf Tabletts aus der Wand.

„Kümmert ihr euch um alles andere", befahl Tati. „Ich versteh was von Erster Hilfe."

Gérard wollte jetzt vom Sprachanalysator wissen:

„Was ist hier geschehen? Was sollen wir tun?"

Schleppend erwiderte die Maschinenstimme:

„Abschirmglocke Feld und Wasser bedienen! Taste eins und Taste zwei!"

Superhirn kam dem Befehl sofort nach.

„Keine Hilfe holen!" tönte es aus dem unsichtbaren Lautsprecher. „Abwarten, bis Professor wieder bereit ist!"

Und dann folgte ein besonders merkwürdiger Befehl:

„Seine Augen nicht berühren — seine Augen nicht berühren — seine Augen nicht berühren..."

Der Sprachanalysator schwieg.

„Tati, hast du das gehört?" rief Henri. „Seine Augen nicht berühren! Was soll das heißen?"

„Das werden wir noch erfahren!" meinte Superhirn, nun wieder ruhiger. „Eins ist klar! Wir sitzen hier bombensicher! Von außen, weder von der See noch vom Hochmoor her, kann irgend jemand an uns heran! Wir haben die Abschirmglocke ausgelöst, gegen die wir gestern selber angerannt sind. Es scheint, als sei Charivari jetzt ganz auf uns angewiesen; wir müssen warten, bis er wieder richtig ansprechbar ist!"

„Ich möchte was essen!" erinnerte Micha. „Da muß man auch eine Taste drücken..."

„Ja, ich habe mir gemerkt, welche es war", sagte Gérard großspurig. „Mein Gedächtnis ist ja schließlich auch nicht von Pappe!"

Doch er drückte die falsche Taste, und plötzlich brach die Hölle los.

„Alarrrm...!" tönte die Maschinenstimme. Eine Sirene gellte durch die Flure, Klingeln schrillten, das Licht ging aus, Fotoblitze flammten auf, und irgendwo begann ein Computer zu rattern.

Der Pudel bellte sich in diesem wilden Durcheinander heiser.

Superhirn tappte umher und versuchte die Brennpunktstelle für den Sprachanalysator zu finden.

„Wie hört das wieder auf?" brüllte er. „Wie kann man den Alarm abstellen?"

„Hebel am Schreibtisch — rechts", kam es seelenlos aus dem Lautsprecher.

Superhirn fand den Hebel und drückte ihn hinunter. Sofort herrschte Stille. Das Licht ging wieder an.

„Gérard, du Idiot!" schimpfte Superhirn. „Dein Gedächtnis, ha! Wirst uns allesamt noch in Kamele verwandeln, wenn du noch ein paarmal auf falsche Tasten drückst! Und du, Mischa, nerv uns nicht dauernd mit deinem Ich-will-was-essen! Wir haben im Augenblick Wichtigeres zu tun. Wir müssen den Professor ..."

„Er kommt zu sich!" rief da Tati, die dem Professor soeben einen Kopfverband angelegt hatte. „Henri! Superhirn! Gérard! Prosper! Kommt schnell! Der Professor hat die Augen geöffnet — er will mit uns sprechen!"

Der Professor mit seinem verbundenen Kahlschädel lag noch immer auf dem Bett. Doch er hatte die Augen offen. Er war bei vollem Bewußtsein. Mit schwacher Stimme, aber in herzlichem Ton, begrüßte er die sechs:

„Da seid ihr ja, meine Freunde! Ein Glück! Ihr wart meine letzte Hoffnung!"

„Aber wir konnten nicht in die Hütte!" sagte Superhirn. „Das Ding war plötzlich so hart wie ein Panzer!"

„Ja, die Hütten-Abschirmung ...", ächzte der Professor. „Ich habe mehrere Sicherheitsvorkehrungen. Wenn die ‚Luftglocke' ausfällt, schütze ich die Hütte selbst gegen Eindringlinge ..."

„Wie denn?" fragte Henri. „Und warum gegen uns, wenn Sie doch froh waren, daß wir kamen?"

„Unterbrich den Professor nicht!" mahnte Superhirn.

„Ja, der Reihe nach ... Ihr sollt alles hören!" Charivari schien sich erstaunlich rasch zu erholen. Mit fester Stimme fuhr er fort!

„Zunächst müßt ihr wissen, wo ihr seid ..."

„In einem Kaufhaus", meinte Micha immer noch.

Professor Charivari lächelte. „Das wäre recht gemütlich, ja ... Nun, ihr befindet euch in einer unterirdischen Raumschiff-Bodenstation!"

„Aber ...", begann Henri.

„Du willst sagen, so etwas müsse staatlich sein?" fragte Charivari. „Du kennst nur staatliche Raumfahrteinrichtungen, Raumfahrtbehörden ... Dies ist die erste private Astro-Zentrale. Sie ist mein Werk, mein Geheimnis. In der ‚Garage' auf dem Meeresgrund, die bis zur unterseeischen Abschußrampe führt, liegen zwei Superraumschiffe. Besser gesagt: Allzweckfahrzeuge. Sie können sich im All, im Meer und zu Land bewegen!"

„Die liegen hier? Hier, unter der Zentrale?" rief Prosper.

„Ja. Die Raumschiffe ‚Meteor' und ‚Monitor'." Wieder lächelte der Professor. Doch es war kein freundliches Lächeln. „Im Augenblick ist nur der ‚Monitor' noch da ... Mein Personal hat gemeutert und ist mit dem Raumschiff ‚Meteor' geflohen!"

„Das war der Start, den wir gesehen und gehört haben!" rief Superhirn. „Deswegen sind wir überhaupt hiergeblieben. Wir wollten das Geheimnis ergründen, das große Geheimnis ..."

„Daß du alles ergründen willst, sieht man dir an der Nasenspitze an", sagte der Professor. „Bestimmt bist du zuverlässiger als mein Chef-Astro Dr. Muller und die Burschen vom wissenschaftlichen, technischen und fliegenden Personal zusammen."

Er schwieg eine Weile, dann atmete er tief und berichtete weiter:

„Chef-Astro Muller — mein Assistent — stiftete die Meuterei an. Der ewige Traum von der ‚Weltbeherrschung' spukte plötzlich in seinem Kopf. Ich aber bin der Meinung, daß man der Menschheit meine Erfindungen noch nicht zugänglich machen darf, solange sie damit andere Zwecke verfolgt als friedliche."

„Friedliche?" fragte Superhirn gespannt. „Wozu sind denn Ihre Raumschiffe konstruiert?"

„Zur Beeinflussung von Meeresstürmen, zur Eindämmung von Flutkatastrophen, Verhinderung von Erdbeben, zur Abwehr von *Asteroiden*, Aufhellung von Schlechtwetterzonen, zur Urbarmachung von Wüsten und zur Erforschung des Meeresgrundes und des Weltalls", zählte Charivari auf. „Doch meine Leute brannten darauf, die Welt mit den Superraumschiffen gewaltsam zu beherrschen, sie als Machtmittel zu benutzen ... Schon gestern, bevor ihr kamt, hatten wir hier unten einen heftigen Streit. Ich drückte hier Taste eins und zwei, um die Abschirmungen über der Hütte und über der unterseeischen Rampe herunterzulassen, damit die Meuterer nicht starten könnten. Es gelang mir noch einmal, Chef-Astro Muller zur Vernunft zu bringen. Aber bei dem vorhergehenden Handgemenge war eine Isolierung im Gerät gebrochen. Das führte zu Kriechströmen, die die Abschirmung unzuverlässig machten. Sonst wäret ihr nicht über den Bach gekommen. Die Abschirmung wird von einem *Supergelator* erzeugt und besteht aus verfestigter Luft."

„Ach, und weil — weil diese künstliche Glocke kaputt ist, gelang es den Meuterern, auszureißen?" erkundigte sich Tati.

„Der Supergelator funktioniert wieder", erklärte Charivari. „Die Meuterer schlugen mich vorhin nieder, öffneten die Abschirmung und starteten mit dem ‚Meteor'. Ich konnte mich gerade noch zum Sessel schleppen ... Dort wurde ich wieder bewußtlos ... Als ich kurze Zeit zu mir kam, hörte ich eure Stimme durch den Warnverstärker. Ich versuchte, den kleinen ‚Gelator' zu bedienen, der die Hütten-Abschirmung aufheben sollte. Ich drückte in meiner Schwäche die falsche Taste ..."

„Und dadurch konnten wir nicht in die Hütte?" fragte Gérard. „Hm. Aber warum brach das Ding dann plötzlich auseinander?"

„Weil ich die Luftfestigungstaste nicht nur fälschlich, sondern auch zu oft gedrückt habe", antwortete Charivari. „Dadurch wurde die ‚Luftpanzerung' zu spröde, sie platzte und zerstörte das Bretterhaus. Nun, das Versehen hat sich gelohnt. Ihr seid jetzt hier. Ich traue euch, wie ich keinem Erwachsenen trauen und vertrauen dürfte: Denn bei jedem müßte ich einen Mißbrauch meiner Erfindungen befürchten."

Superhirn ging auf die letzten Worte nicht ein. Ihn beschäftigten die übrigen, ungelösten Fragen. „Wir haben neulich einen Tag im Moor verschlafen ...", begann er.

Charivari unterbrach ihn: „Unsichtbare Wellen zur vorübergehenden Lähmung des Zentralnervensystems, ja ... Das galt aber nicht euch. Ich habe im Freien heimlich Versuche an Tieren angestellt, weil ich die Meuterei längst kommen sah. Aber das Gerät versagte beim ersten Notfall."

„Beim allerersten Mal hat's jedenfalls nicht versagt", stellte Tati trocken fest. „Was sollten aber die Versuche mit dem schrecklichen Kiemenhamster bedeuten?"

„Die Idee vom ‚Homo aquaticus', dem Wassermenschen, dem man künstliche Kiemen einsetzt, ist nicht neu", erklärte Charivari. „Ich wollte zunächst Tiere in meinen Unterwasserstationen aussetzen; aber ich hütete mich, die Anfangsversuche in dieser Zentrale zu machen. Mein Assistent, Dr. Muller, hätte auch diese Ergebnisse mißbrauchen können. So hielt ich sie geheim und errichtete das Becken im Moor. Als aber zu befürchten war, daß ihr es entdecken würdet, schickte ich die Roboter aus, um die Anlage zu vernichten, den Kiemenhamster aber zu bergen. Am Steuerpult vor dem Bildschirm sah ich, daß ihr die Roboter verfolgtet. Nun, ich richtete es so ein, daß sie euch verjagten."

„Hm ..." Superhirn überlegte: „Warum haben die Meuterer nur das eine Raumschiff genommen? Weshalb ist der ‚Monitor' noch in der Garage?"

„Weil ich beim ‚Monitor' einen kleinen Schalter, ein winziges Startrelais herausnahm", erklärte Charivari. „Beim ‚Meteor' gelang mir das nicht mehr, denn es waren Leute vom Bodenpersonal in der unterirdischen Garage. Natürlich haben die Meuterer die ganze Zentrale nach dem Relais durchsucht. Sie befragten sogar den Antwort-Apparat, doch der kann nur Fragen beantworten, mit denen ich ihn ‚gefüttert' habe. Da die Zeit drängte — sie wollten ja so schnell wie möglich weg —, begnügten sie sich mit dem einen Raumschiff. Das winzige Startrelais für den ‚Monitor' habe ich in einem Geheimfach, das die anderen nicht kannten. Ich habe verschiedene Raumstationen bauen lassen, die meine Brüder und ich auf dem Mond, auf dem Meeresgrund und hier an der Küste leiten. Sie sind jeweils von den späteren Besatzungen einer anderen Basis errichtet worden — aus Sicherheitsgründen."

„Keiner sollte sich wohl auf seiner eigenen Station ganz genau auskennen?" fragte Superhirn. „Raffiniert fein ausgeklügelt! Nur eins wundert mich noch: Warum haben die Meuterer Sie nicht getötet?"

„Das ist es ja!" seufzte Charivari. „Ich fürchte, sie werden mit ‚Meteor' einen Angriff auf meine Bodenstation unternehmen. Dann haben sie die Anlage beseitigt, die für sie eine große Gefahr darstellt — und mich gleich mit. Danach werden sie wahrscheinlich die Mondstation mit all ihren Anlagen als Stützpunkt erobern. Dort ist kein Raumschiff."

„Angriff auf die Bodenstation?" fragte Prosper entsetzt. „Können wir dem denn standhalten?"

„Wenn die Abschirmung ordnungsgemäß arbeitet, ja", hoffte Charivari.

„Wir haben den Supergelator jedenfalls bedient", sagte Henri, „und zwar auf Anweisung des Sprachanalysators! Wenn das okay ist, müßten wir jetzt unter der unsichtbaren Glocke sitzen. Auch die unterseeische Rampe ist auf Anweisung aus dem Lautsprecher blockiert worden."

Plötzlich begann eine Alarmsirene zu heulen. Und wieder ertönten überall Klingelzeichen.

Der Professor richtete sich stöhnend auf. „Helft mir zum Schreibtisch, an die Tasten!"

Als er im Sessel saß, ließ er durch einen Fingerdruck einen riesigen Bildschirm an der Gegenwand aufleuchten.

„Was ist das?" fragte Superhirn.

„Mein elektronisches Astro-Teleskop", erklärte der Professor. „Wir sehen den Himmel über dem Hochmoor, also über der Tarnungshütte — über dieser Zentrale, in der wir jetzt sitzen!"

Über die Wände zuckten grüne, gelbe und rote Blitze.

„Gefahrenzeichen ‚hundert hoch hundert'", murmelte Charivari. „‚Meteor' greift an!"

„Er durchbricht den Luftpanzer!" schrie Superhirn.

Tati und Micha standen vor Schreck wie erstarrt. Charivari schaltete die Alarmanlagen aus. Die Blicke aller hafteten gebannt am Bildschirm.

„Warum wird es auf dem Bild so rot?" hauchte Prosper.

„Die Abschirmung glüht", sagte Professor Charivari. „Der Angriff des Raumschiffs ist sehr stark. Ich muß die Luft ‚supra-gelieren', noch mehr verfestigen. Es gibt fortwährend Teilexplosionen, weil die Energiebelastung für die supra-gelierte Luft zu stark wird. Damit die Glocke nicht platzt, ist dauernde Nachregulierung nötig!"

Atemlos verfolgten die Beobachter die nächsten Angriffe des feindlichen Raumschiffs.

„Es kommt nicht durch die Abschirmung", murmelte Superhirn.

„Aber es strahlt ungeheure Mengen von Mikrowellen aus", erklärte der Professor. „Seht ihr die ‚Fieberkurve' unter dem Bildschirm?"

„Fieber?" wunderte sich Micha.

„Ich nenne die Kontroll-Leiste so, weil sie einer Fieberkurve ähnelt", sagte Charivari. „Wenn diese Mikrowellen uns schutzlos träfen, wären wir auf der Stelle hitzetot ..." Er unterbrach sich: „‚Meteor' dreht ab ...!"

„Wird er einen zweiten Angriff versuchen?" fragte Prosper.

„Ich denke nicht", erklärte Professor Charivari. „Das würde Zeit- und Energieverlust bedeuten. Sie müssen die Mondstation erreichen, bevor ich die Besatzung dort gewarnt habe und sie sich auf Verteidigung vorbereitet." Er lachte bitter. „Warnen kann ich die Mondstation — aber sie ist nicht gerüstet wie wir hier unten. Und sie hat kein Raumschiff, das den ‚Meteor' abfangen könnte!"

„Fliegen Sie mit dem ‚Monitor' nach! Verfolgen Sie den ‚Meteor'!" rief Superhirn erregt. „Nehmen Sie uns mit! Sie sagten doch, Sie hätten das Startrelais! Warum steigen wir nicht auf?"

„Eine planmäßige Verfolgung wäre nur möglich, wenn die Zentrale besetzt bliebe", erwiderte der Professor bitter. „Ich kann nicht zu gleich hier — und im Raumschiff sein!"

„Aber wir ...!" rief Superhirn fast außer sich. „Wir könnten im Raumschiff sein, und Sie könnten uns von hier aus leiten! ‚Meteor' muß verfolgt werden, das ist klar, Sie sagten es selbst! Ihr ehemaliger Chef-Astro würde die Welt zerstören, wenn man ihn nicht einholte ...!"

„Lassen Sie uns mit dem ‚Monitor' aufsteigen!" bat auch Henri erregt. „Superhirn ist ja fast ein Raumfahrer, bestimmt aber 'n Raumfahrtkenner! Und wenn Sie uns von hier unten leiten ..."

„... dann kann doch nichts schiefgehen!" rief Gérard.

„Ich würde den Gedanken für verrückt halten, wenn er mir nicht den letzten, den allerletzten Ausweg wiese ...", überlegte der Professor.

Plötzlich sah er auf. „Meine Linsen! Meine *telepathischen Augenhaftschalen!"*

Die Gefährten starrten ihn an. Sie erinnerten sich nur, daß die Lautsprecherstimme befohlen hatte, Charivaris Augen nicht zu berühren!

„Mit den Haftschalen ginge es!" fuhr Charivari fort. „Es sind Kontaktlinsen, wie sie manche Leute statt einer Brille tragen. Doch sie haben eine besondere Bewandtnis — es sind telepathische Haftschalen, mit denen ich euch meine Gedanken übertragen könnte! Im Raumschiff ‚Monitor' ist ein Gerät, ein *Telepathor*, der nimmt die ausgestrahlten Gedanken auf und überträgt sie auf den, der davorsitzt!"

„Was denn?" fragte Superhirn. „Sie können durch Augenhaftschalen Gedanken ins Raumschiff senden? Warum machen Sie das nicht mit dem Meutererfahrzeug?"

„Weil der ‚Meteor' im Gegensatz zum ‚Monitor' dieses Gerät nicht hat", erwiderte der Professor. „Aber das ist jetzt nur günstig! So könnten die Verfolgten ja meine ‚Leitgedanken' an euch nicht empfangen. Meine Haftschalen, die Gedankensender, sind eine Erfindung, die den Meuterern nicht bekannt ist."

Zwanzig Minuten später waren die Gefährten mit Professor Charivari in der Garage — oder richtiger: der Werft — für die Allzweckfahrzeuge, von denen nur der „Monitor" noch dalag.

„Ich baue jetzt das Startrelais ein", sagte der Professor. „Ihr könnt das Raumschiff schon betreten!"

Die Kommandozentrale des „Monitor" war ein recht ungewöhnlich ausgestatteter Raum. Er schien auf den ersten Blick nur aus Drehknöpfen, Schaltern, Tasten, Hebeln, farbigen Wandmeßgläsern, Bildschirmen zu bestehen. Was aber vor allem das Auge fesselte: ein schwarzgläserner Befehlstisch mit lichtblauen Drehsesseln.

„So", sagte Charivari hastig. „Rechts neben dem Kommandosessel ist der Telepathor. Wenn du den roten Knopf drückst, Superhirn . . .", er deutete auf den schwarzgläsernen Tisch, „leuchtet eine gleitende Wandzeile auf, die in Stichworten jede schwierige Aufgabe, jedes Problem enthält, das ihr lösen wollt. Erscheint dieses Problem-Wort, drückst du wieder auf den Knopf. Dann ertönt eine Maschinenstimme, die die nötigen Antworten gibt. Ähnlich wie in meiner Zentrale."

Er erklärte Superhirn, wie er den Start vorzubereiten habe. „Ich lenke euch von der Zentrale aus", sagte er zum Schluß. „Zunächst habt ihr weiter nichts zu tun als das, was ich euch eben sagte. Das ist dank meiner Geräte in der Bodenstation nicht viel. Nach dem Start nehmen wir für eine Weile Funkverbindung auf. Im übrigen hilft euch der Telepathor. Viel Glück!"

Ein wenig schwankend verließ er den Kommandoraum.

Es herrschte tiefe Stille.

„Kinder, seht mal!" rief Micha plötzlich. „Die schwarze Glasplatte — der runde Tisch — er ist — er ist..."

„Er ist nicht mehr schwarz", grinste Superhirn. „Wir haben den unterseeischen Gang zur Startrampe durchquert und sind auf dem Weg nach oben!"

„Ja!" staunte Tati. „Die Tischplatte ist blau!"

„Das ist nämlich ein *Himmelsvisor* und keine Tischplatte", lächelte Superhirn.

„Sind wir denn — sind wir denn etwa schon gestartet...?" fragte Henri verblüfft.

Und schon meldete sich die Stimme des Professors: „Position des Verfolgten erscheint jetzt backbords auf Bildschirm drei — in Zahlen! Die gleichen Zahlen im Lenk-Computer einstellen!"

„6-1-0-6-5-5", vermerkte Superhirn. „Los, Henri, tipp auf die Tasten unter Bildschirm drei!"

Jetzt erschien das Gesicht des Professors auf Bildschirm zwei.

„Start geglückt!" lächelte Charivari. Seine Stimme ertönte aus einem unsichtbaren Lautsprecher: „Bitte, wiederholen!"

„Start geglückt!" riefen alle im Chor.

Tolle Ferien

„Leute ...!" murmelte Henri. „Leute! Ich kann's kaum fassen! Das ist alles so — so gespenstisch!"
Er schluckte.
Dieses Abenteuer war einfach toll.
Die Gefährten des Dreizehnjährigen waren die gleichaltrigen Freunde Gérard und Prosper, Henris zwölfjährige Schwester Tati und der kleine achtjährige Bruder Micha.
Zu der Feriengemeinschaft gehörte auch ein Junge, der erst später hinzugekommen war, dann aber die wichtigste Rolle übernommen hatte: Marcel, vierzehn Jahre alt, spindeldürr, ein blonder „Eierkopf" mit großen, dicken, runden Brillengläsern. Weil er so viel wußte und so unwahrscheinlich gescheit war, nannten ihn die anderen nur Superhirn.
Michas winziger Hund, der Zwergpudel Loulou, zählte wohl oder übel auch zu Henris Begleitung. Er hatte das Glück, nicht zu wissen, worum es eigentlich ging.
„Hm", brummte der stämmige Gérard, „ich zwicke mich dauernd in den Arm und meine, ich müßte unten im Hochmoor aufwachen — an der Bruchsteinkapelle, bei unseren Zelten."
„Zwick dich nicht, präg dir lieber genau ein, wo du bist!" mahnte Prosper. „Es wäre nicht gut, wenn jemand in einem Raumschiff auf die Idee käme, er träume. Spinnen kann ansteckend sein!"
Henris Schwester Tatjana, genannt Tati, blickte sich schweigend um.
Alle saßen sehr bequem, ja fast gemütlich, in schrägen, hochmodernen Drehsesseln. Micha hielt den Pudel an sich gepreßt. Henri und Superhirn — der eine auf dem Platz des Bordkommandanten, der andere auf dem des Flugingenieurs — starrten gespannt auf eine sonderbar flimmernde glatte und runde Fläche, die wie eine Tischplatte

wirkte. Das war der *Himmelsvisor;* er ermöglichte ihnen aus dem sausenden Raumschiff heraus einen Ausblick ins All.

Wie gesagt — die sonderbare Besatzung saß bequem, gar nicht eingeengt wie die Astronauten in den bisher der Öffentlichkeit bekannten Kapseln. Niemand trug einen Raumanzug. So, wie sie im Hochmoor gezeltet hatten, in Pullis, Jeans und Trainingsanzügen, waren sie durch eine Reihe von unheimlichen Zufällen an Bord des Superraumschiffs „Monitor" gelangt. Doch die Umgebung — sie schien auf den ersten Blick nur aus Drehknöpfen, Schaltern, Tasten, Hebeln, Wandmeßgläsern, Bildschirmen und anderen rätselhaften Dingen zu bestehen — war kalt und unwohnlich.

„Nein, träumen darf hier keiner", murmelte Henri gepreßt. „Bei d e m Tempo . . ."

„Genau 7 750 Meter in der Sekunde!" sagte Superhirn gleichmütig.

„In der Sekunde . . .?" krähte der kleine Micha. Fassungslos fügte er hinzu: „Wie schnell ist denn das?"

Jetzt grinste Henri. „Schneller, als dein Pudel Männchen machen kann — das heißt, bevor das Biest die Vorderpfoten richtig hoch hat, sind wir über sieben Kilometer geflogen!"

„Aber davon merke ich nichts!" rief Micha ärgerlich. „Ich will merken, wie schnell wir fliegen!"

„Sei froh, daß du nichts davon mitbekommst", fuhr ihn Prosper an, „und daß du nicht wie ein verschnürtes Paket in einem Schutzanzug im Konturensessel liegen mußtest, um die *Beschleunigung* beim Start von der Erde zu überstehen!"

„Und den fürchterlichen Druck in den gewöhnlichen Raumschiffen", fügte Gérard hinzu. „Das Ding, in dem wir sitzen, ist das reinste Wolkenkuckucksheim!"

„Na, ich danke!" widersprach Tati. „Ich bin aus der Ballettschule manches gewohnt, aber da berührt man wenigstens noch mit den Fußspitzen den Boden! Ach — ich hätte nicht gedacht, daß unsere Ferien so enden würden!"

„Was heißt enden?" ließ sich Superhirn hören. „Die Ferien haben kaum begonnen! Und wenn ihr mich fragt, sie sind immer mehr nach meinem Geschmack!"

Das Wort Ferien begeisterte Micha. „Klar!" rief er. „Superhirn hat recht! Die Ferien haben erst angefangen, und sie dauern noch lange!"

Sein Jubel verriet, daß es ihm gleichgültig war, wohin die Reise ging. Hauptsache: Ferien ...!

Wie zur Bekräftigung bellte der Pudel Loulou vergnügt: wuff, wuff ...

Doch Prosper meinte: „Ferien? Ha! Daß ich nicht kichere! Unter Ferien stell ich mir was Schöneres vor, Faulenzerei in der Sonne, Zelten und so — na, wie wir es am ersten Tag gehabt haben, als wir noch im Hochmoor waren. Aber so eine Verbrecherjagd ..."

Und was für eine Verbrecherjagd das war! Sie hatten nämlich die Aufgabe, Piraten im Weltall zu verfolgen! Piraten, die das Schwesterschiff des „Monitor", nämlich den „Meteor", entführt hatten.

Ohne Professor Charivari, der die Verfolgung von der Bodenstation aus leitete, hätten sich die Gefährten nie auf dieses Abenteuer eingelassen. Auch nicht ohne Superhirn.

Der spindeldürre blonde Junge mit der Brille war in jedem seiner Hobbys beinahe schon ein Fachgelehrter. Besonders verstand er sich auf die Wissensgebiete der Weltraumfahrt.

„Achtung — Bildschirm zwei!" rief Henri erregt.

Alle starrten auf die linke Seite des Kommandoraums.

Plötzlich sah die Mattscheibe wie ein Fenster aus, durch welches das leibhaftige Grauen hereinblickte. Tati stellte sich vor, sie säßen in einer einsamen Hütte in den Bergen, mitten im Winter, abgeschnitten von aller Welt, und auf einmal preßte ein Ungeheuer seinen Kopf an die eisüberzogene Fensterscheibe ... Einem Nichteingeweihten hätte das Blut in den Adern erstarren können.

Aus Halbschatten, Schatten und Zwielicht entwickelte sich immer deutlicher ein Gesicht. Erst flackerte es. Das heißt, es schien, als strebten Nase, Kinn und Stirn in verschiedene Richtungen. Plötzlich zog sich die Mundpartie ganz widerwärtig in die Breite, während die Ohren die Schläfen und Wangenknochen einzudrücken drohten.

Dann war das Bild auf einmal klar.

Doch auch jetzt erschien das Gesicht nicht viel menschlicher. Die Umrisse des Kopfes erinnerten an eine Salatgurke. Der spitze Schädel war völlig kahl. Die Augenbrauen des Mannes wirkten wie zwei starke schwarze Striche, unter denen die sonderbar flimmernden Augen fast verschwanden. Das Auffallendste aber waren der dünnsträhnige schwarze Kinnbart und die bartlosen, eingefallenen Wangen unter hohen Backenknochen. Übrigens trug der schaurige Geisterkopf einen fleckigen Stirnverband. Man sah, wie er den Mund öffnete. Aus dem unsichtbaren Lautsprecher tönte seine Stimme:

„Nun, meine Freunde? Wie steht's?"

Der Klang war sanft, fast schmeichelnd, wenn auch etwas verzerrt. Er paßte gar nicht zu dem schrecklichen Anblick.

„Hallo, Professor Charivari!" meldete sich Superhirn. „Ich gebe die *Bahndaten* durch ..." Rasch blickte er auf den Bildschirm drei und auf den *Kursrechner* neben sich. „Die Piraten haben ihren Kurs geändert. Wir hatten 6-1-0-6-5-5, dann mehrere Zwischenwerte, im Augenblick sind wir bei 0-0-0-0-0-0!"

„Aha", erwiderte die Stimme des Kahlschädels auf dem Bildschirm. „,Meteor' ist in die Erdumlaufbahn eingeschwenkt. Stellt den Steuer-Computer auf 0-0-0-0-0-1, dann unterlauft ihr seine Bahn etwas. Drückt die *Differenztaste* auf X minus 5 000! So bleibt ihr automatisch in gefahrlosem Abstand!"

„Und?" rief Henri.

„Das Raumschiff der Meuterer wird bald wieder auf dem Himmelsvisor sichtbar werden, auf dem Befehlstisch vor euch."

„Was sollen wir dann tun?" fragte Superhirn sachlich.

„Ihn beschatten", klang es aus dem Lautsprecher. „Auf der Erde würde man sagen: Bleibt ihm auf den Fersen! Die Piraten wissen nicht, wer und wie viele ihr seid, deshalb geht nie auf Bildfunk!"

„In Ordnung", bestätigte Superhirn.

„Auf jeden Fall", tönte die Stimme des Professors weiter durch den Kommandoraum, „auf jeden Fall habt ihr das stärkere Fahrzeug für Angriff und Abwehr. Die Piraten werden sich überlegen, ob sie nicht besser zur Station zurückkehren sollten, um sich zu ergeben. So, ab jetzt seid ihr auf euch gestellt. Superhirn kennt die Geräte. Jeder Funkverkehr wird abgebrochen, damit die Fliehenden im unklaren bleiben."

Superhirn wiederholte die Befehle.

Der Kahlschädel mit dem Strippenbart verschwand von Bildschirm eins. Ein unheimliches Gesicht, gewiß, auch wenn man es vom direkten Ansehen kannte.

Doch alle — selbst der kleine Micha — waren inzwischen überzeugt, daß Professor Dr. Brutto Charivari der gütigste Freund war, den sie haben konnten.

„Wo ist der Professor jetzt?" fragte Micha verwirrt.

„Unser Professor sitzt tief unten an seinem Schreibtisch", beruhigte ihn Tati, „in den Felsgängen von Marac am Atlantischen Ozean! Er hat nur über seinen Fernsehsender zu uns gesprochen."

„Über seinen Fernsehsender?" wiederholte er mit aufgerissenen Augen. „Warum spricht er dann nicht weiter? Ich will, daß er weiterspricht! Wenn er schon auf der Erde geblieben ist, soll er sich dauernd zeigen, damit wir wissen, daß er uns nicht vergißt!"

„Er wird uns schon nicht vergessen, Micha", murmelte Superhirn.

„Aber er hat davon gesprochen, daß wir um die Erde kreisen", beharrte der Kleine. „Das Piratenschiff saust um die Erde, und wir sausen immer hinterher, ist es nicht so?"

„Vorläufig", versuchte Henri zu beschwichtigen, „vorläufig."

„Vorläufig?" empörte sich Micha. „Wie kommen wir wieder runter, wenn uns der Professor nicht hilft? Wie hoch sausen wir denn?"

„Du meinst: in welchem Abstand von der Erde", ergänzte Superhirn seelenruhig.

Superhirn hielt es für falsch, den Kleinen zu täuschen. In der Eile war es nicht möglich gewesen, Henris Schwester Tati, Micha und den Pudel zurückzulassen. Tati und Micha hätten sich auch heftig dagegen gewehrt. Und sie würden sich auch nie von Loulou getrennt haben.

So mußte man sich hier im Raumschiff auf die beiden Geschwister einstellen, so gut es ging. Tati stand ihren „Mann", das hatte sie schon bewiesen. Auch Micha war — wenn's darauf ankam — sehr mutig. Vielleicht konnte sogar der Pudel unter Umständen nützlich sein.

„Wir sind in zweihundertachtzig Kilometer Abstand von der Erde in die Kreisbahn eingeschwenkt", fuhr Superhirn fort. „Falls die Piraten keine Kursänderung vornehmen, weil sie uns ihr Ziel nicht verraten wollen, bleiben wir auch auf der Erdumlaufbahn. Dann kreisen wir an einem Tag — in vierundzwanzig Stunden — sechzehnmal um den Globus."

„Sechzehnmal um die Erde — an einem Tag ...?" wiederholte Micha staunend.

„Ja! Das bedeutet: in jeweils eineinhalb Stunden einmal herum!"

„Hm ..." Prosper runzelte die Stirn. „Da fällt mir was Ungemütliches ein: Was ist, wenn die Piraten über der anderen Erdhälfte, wo uns selbst Charivaris Funkanweisung nicht erreichen könnte — also, wenn sie da blitzartig zum Angriff übergehen würden ...? Genug Treibstoff für solche Ausfälle haben sie doch? He, Superhirn! Warum schweigst du? Die haben doch mehr Treibstoff als gewöhnliche Raumschiffe?"

„Besseren, meinst du", erwiderte Superhirn kaltblütig, „besseren Treibstoff, der bei sehr geringer Menge enorm lange vorhält! Hm, sicher. Aber den haben wir auch. He ...!" Seine spitze Nase schoß vor. „Ich sehe ‚Meteor' auf der Platte!"

„Das Pi-pi-piratenschiff?" stotterte Micha aufgeregt.

Alle beugten sich über die Platte. Krrr — wuff! machte der Pudel. Ihm behagte die Unruhe der Zweibeiner nicht. Winselnd stupste er sein kleines Herrchen.

Superhirn erläuterte rasch: „Auf der Platte seht ihr den Himmel, richtiger: den Weltraum. Wir sausen mit der Bugnase voran. Und das da", er deutete mit dem Leuchtstab auf ein graues Etwas, „ist das Raumschiff ‚Meteor', das wir verfolgen. Es hat die Triebwerke abgeschaltet und läßt sich auf der Erdumlaufbahn treiben, genau wie wir es tun. Paßt auf! Ich tippe die Werte X minus 5 000. So, nun behalten uns die Piraten fast wie im Schlepp. Der Abstand bleibt immer gleich. ‚Meteor' kann uns nichts anhaben."

„Er kann uns nicht abschütteln oder angreifen?" fragte Prosper.

„Dazu müßte er enorm viel Treibstoff aufwenden", erwiderte Superhirn. „Solange er auf der gleichen Kreisbahn wie wir um die Erde treibt, hat er dieselbe Geschwindigkeit. Wenn ‚Meteor' jetzt seine Raketen zündet, um schneller zu werden, steigt er sofort unausweichlich in die Höhe. Und wenn er mit seinen Raketen bremsen will, sinkt er näher zur Erde hinunter. Es ist also nicht so einfach für ihn, kehrtzumachen und uns entgegenzukommen..."

„Das möchte ich hoffen", sagte Tati trocken.

„Aber ...", Micha verschluckte sich vor Eifer, „wie melden wir dem Professor, daß wir ‚Meteor' auf der Platte haben?"

„Wenn wir nicht funken dürfen?" fügte Gérard mißmutig hinzu.

Superhirn blickte auf, er lachte zuversichtlich. „Habt ihr den geheimen Gedankenstrahler vergessen? Den *Telepathor*, der Gedanken zur Erde leiten kann? Niemand auf der Welt kennt dieses Gerät — sogar die Kerle im ‚Meteor' wissen nichts davon ... Und nur der Professor ist in der Lage, ausgestrahlte Gedanken mit seinen *telepathischen Augenhaftschalen* aufzufangen! Mit Hilfe dieser Augenhaftschalen kann er auch auf dem gleichen stillen Weg antworten! Diese Art von ‚Funkverbindung' ist von fremden Stellen nicht abhörbar!"

„Klar!" rief Henri. „Der Telepathor! Kinder, wie konnten wir den vergessen! Schnell, Superhirn, schalte ihn ein!"

Das Gesicht des spindeldürren Jungen wurde ernst. „Setzt euch in die Sessel! Micha, nimm den Pudel, und sorg dafür, daß er nicht bellt, knurrt oder winselt! Auch ihr seid bitte mucksmäuschenstill!"

„Du machst es aber spannend", brummte Gérard.

„Was bleibt ihm anderes übrig?" meinte Tati. „Ein Telepathor ist doch kein Fernschreiber! Wer Gedanken aussendet, muß sich sehr zusammennehmen!"

„Konzentrieren nennt man das!" bemerkte Prosper vorlaut.

„Still!" forderte Superhirn. Er griff nach einer ausziehbaren Halterung, an der ein Gerät mit einer Art Lupe befestigt war.

Superhirn drehte so lange an einem Knopf, bis auf der geheimnisvollen Lupe vor ihm ein grelles Lichtpünktchen erschien. Es wirkte wie ein Brennpunkt.

„Darauf sammeln sich jetzt seine Gedanken, die er dem Professor runterschickt!" murmelte Tati. Erst als sie Henris scharfes „Psst!" hörte, begriff sie, daß sie gesprochen hatte. Es waren schrecklich spannende Augenblicke.

Die schlimmste Probe hatte natürlich Superhirn zu bestehen. Sicherheitshalber faßte er alles, was er Professor Charivari gedanklich mitteilen wollte, in stumme Worte und Sätze. So ging es besser.

„Professor Charivari!" meldete er, den gleißenden Punkt im gewölbten, dicken Glase anstarrend. „‚Meteor' in Sicht! Wir folgen mit Differenz X minus 5 000 auf befohlenem Kurs. Aber warum kreisen die Piraten wie normale Astronauten um die Erde? Ich dachte, sie wollten Ihre Stützpunkte auf dem Mond und auf dem Meeresgrund erobern?"

„Siehst du den Professor mit dem komischen Fernrohr?" krähte plötzlich Micha in die spannungsgeladene Stille hinein.

Mit einem Seufzer wandte Superhirn sich um. Doch schon hatte Tati dem Kleinen einen Klaps gegeben.

Wuff! machte der Pudel vorwurfsvoll. Er litt es nicht, wenn sein Herrchen unsanft behandelt wurde. Tati gab ihm ebenfalls einen Klaps. Nun dauerte es einige Zeit, bis wieder völlige Stille herrschte.

„Ich will jetzt hören oder sehen oder vielmehr zu spüren versuchen, was für Gedanken Charivari mir sendet", erklärte Superhirn. „Vor allem — ob das überhaupt mit diesem Telepathor klappt!"

Wenn's nicht klappt, na, dann gute Nacht! stand in Gérards Augen zu lesen. Doch er behielt seine Zweifel lieber für sich. Alle beobachteten Superhirn.

Der Junge starrte so angespannt auf das Glas, daß er blasser und immer blasser wurde. Auch schien es, als würde seine Nase spitzer und spitzer. Nach einiger Zeit atmete er tief auf, schob das Gerät zurück und schwenkte mit seinem Drehsessel herum.

„In Ordnung!" triumphierte er. „Ich habe Professor Charivaris Gedanken empfangen!"

„Hurra!" schrie Micha. Er sprang auf und lief, gefolgt von dem bellenden Loulou, rund um die Befehlsplatte. „Der Professor hat Superhirn mit seinen Gedanken eingesprüht! Hurra, hurra!"

„He!" rief Prosper. „Eingesprüht? Mir scheint, du hast eine Prise Juckpulver im Fell! Setz dich hin, Micha! Nimm den Hund hoch! Wir sind in einem Raumschiff und nicht im Kasperletheater!"

Als der Kleine, den Pudel neben sich, wieder im Sessel hockte, fragte Henri gespannt:

„Was hat Charivari dir mitgeteilt, Superhirn?"

„Und wie?" erkundigte sich Tati atemlos.

„Ja, wie ging das vor sich? Wie ist es, wenn man Gedanken empfängt?" fragte Gérard begierig.

„Tja — das war sehr sonderbar ..." Superhirn rieb sich eifrig die spitze Nase. „In meinem Gehirn funkte etwas auf ..." Er rieb sich wieder die Nase. Offensichtlich überlegte er, wie er den Freunden das seltsame Erlebnis am besten klarmachen sollte. „Das komische ist", fuhr er fort, „daß ich den Professor zwischendurch immer sah — aber nicht etwa im Glas, sondern so, als träumte ich von ihm bei vollem Wachsein."

„Saß er am Schreibtisch in der Bodenstation?" forschte Henri.

„Ja", nickte Superhirn. „Und es gibt keinen Zweifel, daß er meine Gedanken empfangen hat. Durch seine Augenhaftschalen und durch das Telepathor-Gerät teilte er mir folgendes mit: ‚Ihr habt bisher alles richtig gemacht. Wie ihr ‚Meteor' zur Rückkehr zwingen könnt, erfahrt ihr zeitig genug durch den Gedankenstrahler. Es sieht so aus, als erwarteten die Piraten irgendein überstürztes oder unbedachtes Vorgehen. Laßt euch nicht verleiten! Bleibt auf Sicherheitsabstand!'"

„Na, das klingt erfreulich!" rief Tati erleichtert. „Sicherheitsabstand! Man braucht weder ein Professor noch ein Superhirn zu sein, um zu merken, daß das was Vernünftiges ist! Aber sollen wir inzwischen dauernd herumsitzen?"

Superhirn, aus dessen Gesicht die Blässe gewichen war — und dessen Nase auch nicht mehr so schrecklich spitz wirkte —, lachte herzlich. „Nee, Tati!" rief er. „Das brauchen wir wahrhaftig nicht! Und wenn ich Micha und Loulou sehe — die halten es keine paar Sekunden mehr aus!" Ernsthaft fügte er hinzu: „Aber wir wollen endlich die Mannschaft einteilen. Daß ich der Flugingenieur bin, steht fest — auch daß Henri den Posten des Bordkommandanten hat. Prosper und Gérard sind Erster und Zweiter Astronaut..."

„Ich bin Erster Astronaut!" unterbrach Gérard.

„Nein, ich!" verwahrte sich Prosper.

„Von mir aus seid ihr beide Chef-Astronauten!" erklärte Superhirn ärgerlich. „Also: Bordkommandant ist Henri, Flugingenieur bin ich, Chef-Astro ist Gérard und ebenso Prosper. Tati wird Stewardeß, meinetwegen Chefstewardeß — und Micha ist Assistent!"

„Assistent?" rief der Kleine. „Was ist das?"

„Ein Beistand, ein Gehilfe, ein Helfer", versuchte Tati zu erklären.

„Prima!" Micha war zufrieden.

„So", fuhr Superhirn fort, „nun wird Henri die Wache im Kommandoraum übernehmen. Für uns andere weiß ich was Besseres: Der Professor hat das Freizeit-Center hier an Bord empfohlen!"

„Freizeit-Center?" Gérards Augen weiteten sich. „So was gibt's hier? Kinder, hoffentlich ist da eine Gitarre!"

„Auf jeden Fall wird es da ein bißchen Abwechslung geben", antwortete Superhirn. „Und das ist wichtig. Schon bei normalen Raumflügen fragt man sich immer wieder, wie man die Astronauten ab und zu auf andere Gedanken bringen kann, damit sie nicht den *Bordkoller* kriegen."

Mittels Tastendruck ließ er darauf Stichworte über eine Tafel laufen. Als das Wort „Freizeit-Center" erschien, drückte er die Taste wieder, so daß das Wort stehenblieb; dieses Anhalten löste eine Maschinenstimme aus, die nun in scheppernden hohlen Klang den Hinweis gab: „Freizeit-Center — roten Knopf an rückwärtiger Wand drücken!"

Kaum schwieg die Stimme, als Micha auch schon mit der flachen Hand auf den genannten Knopf gepatscht hatte. Lautlos öffnete sich eine runde Tür. Superhirn voran, krochen sie alle — bis auf den wachhabenden Henri — hindurch. Micha und Loulou folgten als letzte. So neugierig der Kleine war — da er noch nicht genau wußte, was ihn hinter der Tür erwartete, überließ er den Vortritt doch lieber den anderen.

Doch die Enttäuschung war groß. Wenn die Gefährten gedacht hatten, einen Raum mit Turngeräten, Brettspielen, Büchern und Schallplatten vorzufinden, so sahen sie statt dessen nur eine runde Polsterbank und ein paar Hocker in Würfelform — sonst aber nichts als kahle, indirekt beleuchtete Wände.

„Das soll ein Freizeit-Center sein?" entfuhr es Micha. „Nee, Superhirn, das ist ja noch viel langweiliger als ein Lehrerzimmer! Ich kenne nämlich das Lehrerzimmer in unserer Schule — da muß ich immer Blumen gießen. Aber hier sind ja noch nicht mal Blumen!"

„Trostlos!" murrte Gérard. „Wenn das eine Abwechslung sein soll! Da wäre ich aber lieber unten im Hochmoor geblieben!"

„Sieht aus, als gäb's hier auch keine Gitarre, Gérard", bemerkte Prosper traurig. „Hier kann Tati allenfalls ihre Ballettsprünge machen!"

„Danke, die vollführe ich auch lieber auf richtigem Erdboden", sagte das Mädchen. „Wahrscheinlich soll man mit diesen Polsterhockern Medizinball spielen, damit man in Form bleibt! Was meinst du, Superhirn?"

Der spindeldürre Junge mit dem scharfen Verstand hatte die ganze Zeit geschwiegen. Jetzt erklärte er:

„In gewöhnlichen Raumschiffen mangelt es an Platz — und an Schwerkraft. Da liegen die Leute angeschnallt nebeneinander wie die Heringe in einer Büchse, und wenn sie sich losbinden, schweben sie."

„Na, was hat das denn mit diesem langweilen Freizeit-Center zu tun?" unterbrach Prosper.

„Abwarten", fuhr Superhirn unbeirrt fort. „Aus dem, was ich angedeutet habe, ziehe ich meine Schlüsse!"

„Jedenfalls von weit her", meinte Gérard kopfschüttelnd.

„Nichts ist von weit her, wenn es dazu dient, einer Sache auf den Grund zu gehen", mahnte Superhirn. „Paßt auf: Ihr wäret imstande, euch hier ein paarmal umzugucken, in den Kommandoraum zurückzusteigen und Henri zu melden: Fehlanzeige! In diesem Freizeit-Center ist überhaupt nichts los! Stimmt's?"

„Klar!" rief Micha ungebärdig. „Was sollen wir denn hier? Wenn wenigstens eine große Schere da wäre, damit ich mit Tati Friseur spielen könnte!"

„Untersteh dich!" Der bloße Gedanke entsetzte das Mädchen.

„Nun hört zu!" mahnte Superhirn wieder. „Ich gehe davon aus, daß Charivari die knifflige Frage der *künstlichen Schwerkraft* gelöst hat. Wir bewegen uns hier wie auf der Erde, nicht wahr? Zweitens: Es ist nicht einzusehen, warum der Professor in diesem ‚Monitor' sinnlos Raum verschwendet haben sollte: Bisher war alles, was wir sahen, vollständig zweckberechnet. Weshalb sollte das hier anders sein?"

Gérard kratzte sich am Kopf. „Klingt ganz überzeugend, hm. Aber ich sehe nichts Überzeugendes!"

„Dann sperr mal die Augen auf, ob du überhaupt was siehst", sagte Superhirn und grinste.

„He, ja — da!" rief Prosper. „Ich sehe was!" Er deutete auf das Wandstück neben der Tür. „Eins, zwei — vier — sechs kleine Schubladen!"

Alle liefen darauf zu. Die kleinen Schubladen ragten aus der Wand; sie waren kaum größer als Zettelkästen.

„Spielkarten!" stellte Micha enttäuscht fest.

„Noch dazu ganz blöde", grollte Gérard. „Ganz und gar unbrauchbar für einen ordentlichen Skat! Sie sind ja alle durchlocht!"

„Das ist was für Kleinkinder!" empörte sich Tati. „Nicht mal Micha würde damit spielen!"

„Hihi!" kicherte Prosper. Er schüttelte den Kopf. „Hihihi!"

„Scheint ein Quartettspiel zu sein", meinte Gérard mißmutig. „Hier ist eine Karte mit Elefanten, Löwen und Giraffen drauf. So was Albernes..."

„Gib mal her!" sagte lächelnd Superhirn. Blitzschnell nahm er dem Freund die Karte aus der Hand und steckte sie in einen schmalen Schlitz über den Schubladen.

Plötzlich war in dem eben noch so langweiligen Freizeit-Center der Teufel los.

Ja — befanden sich Superhirn, Gérard, Prosper, Micha, Tati und der Hund Loulou überhaupt noch im Freizeit-Center? Waren sie denn noch an Bord des Raumschiffes „Monitor"?

Über ihnen war keine Decke mehr, sondern lichtblauer Himmel, und die Sonne stach auf sie herab. Über ihre Köpfe schossen bunte Vögel mit schrillen Schreien dahin. Die Wände waren zurückgewichen. Sie standen in einer weiten afrikanischen Landschaft, umgeben von fliehenden Giraffen, rüsselschwenkenden Elefanten und brüllenden Löwen.

Plötzlich fuhr den Freunden ein jäher Buschwind durch die Haare. Sie sahen, wie sich die Gräser bogen und wie die Zweige schwankten.

Der Zwergpudel Loulou geriet fast außer sich. Und Micha war wie von Sinnen. „Die Löwen fressen den Hund!" schrie er. „Superhirn, nimm ein Gewehr! Schnell, Superhirn, schnell!"

Irgend etwas künstlich Rotes schwebte in Griffhöhe über einem Zweig, auf dem sich soeben ein entsetzenerregend widerwärtiger Geier niedergelassen hatte. Unerschrocken streckte Superhirn seine Hand aus und drückte auf das Rote. Schlagartig war der afrikanische Busch mit all seinen Eindrücken ausgelöscht, die Gefährten standen wieder in dem kahlen Raum.

„Haben wir das alles nur geträumt?" schluckte Prosper.

„Ganz und gar nicht", amüsierte sich Superhirn. „Es hatte auch nicht das geringste mit Spuk zu tun. Erst habe ich die Karte mit den afrikanischen Tieren in den Schlitz gesteckt — und als euch vor Schreck das Herz bis sonstwohin rutschte, tippte ich auf die sichtbar gewordene Kontaktplatte. Da war der Film aus!"

„Film?" fragte Tati verständnislos.

„Ja", nickte Superhirn. „Gewissermaßen. Auf jeden Fall, Freunde, ist dies kein langweiliges Lehrerzimmer oder noch weniger — wie Micha gemeint hat —, sondern der abwechslungsreichste Raum der Welt. Alles, was ihr auf den angeblichen Spielkarten seht, spiegelt euch ein programmierter 3-D-Effekt im Großen vor, sogar mit Originalgerüchen verbunden. Ihr braucht nur in den Karten zu wühlen, das Gewünschte herauszusuchen und das Blättchen in den Schlitz zu stecken. Dann habt ihr alles, was euch interessiert, und vergeßt eine Weile, daß ihr im ‚Monitor' seid."

„Hm, na ja ...", murmelte Prosper beeindruckt, „großartige Sache ... Wäre nicht im Traum darauf gekommen, daß sie hier so 'ne Art Rundum-Kino haben. Dabei ist uns nicht mal aufgefallen, daß wir immer noch auf dem glatten Boden zwischen den Hockern und der Polsterbank standen. Die Geräusche und auch das plastische Sehen laß ich mir gefallen! Na ja, ist nichts Neues: Tonfilm gibt's ja schon ewig, Stereo ist auch ein alter Hut. Aber die Gerüche und der Wind ..."

„Duft-Kinos sind auch schon ausprobiert worden", erklärte Superhirn, „sie sollten die Illusion, also die Einbildung, steigern, mit allen Sinnen dabeizusein."

Gérard, Tati und Micha sortierten nun eifrig die gelochten Bildkarten.

„Ha, hier", Micha deutete auf seine Bildkarte. „Autorennen!"

„Halt!" rief Tati. „Ich wollte eine Modeschau sehen!"

„Und ich ein Fußballspiel!" schrie Gérard.

Nacheinander landeten alle drei Karten im Schlitz.

Gegen das, was nun folgte, war Afrika mit seinen wilden Tieren harmlos.

Die Automatik hinter der Wand geriet in schreckliche Verwirrung. Die Freunde standen in einem Höllenwirbel.

Tatis Modeschau kam mitten in das Fußballspiel hinein, dazwischen rasten mit donnernden Motoren Michas Rennautos. Es roch nach dem Parfüm schöner Damen, nach dem Schweiß der Fußballspieler und nach Benzin.

„Aufhören!" gellte Michas Wutschrei. „Was sollen die ollen Kleider zwischen meinen Rennautos?"

„Und was sollen deine blöden Rennautos zwischen meinen schönen Kleidern?" rief Tati.

„Tor!" jubelte Gérard. Doch dann beschwerte er sich lautstark: „Verflixt! Steht da so ein affiges Modeweib vor dem Torhüter!"

Das Geschrei der Zuschauer, das Heulen der Motoren, die Musik zur Modeschau — das alles vermischte sich zu einem irrsinnigen Konzert.

Superhirn berührte die rote Kontaktplatte. Sofort standen alle wieder zwischen den matt erleuchteten Wänden in tiefer Stille.

„Einigt euch gefälligst darüber, wer was sehen und erleben will! Vor allem, werdet euch über die Reihenfolge klar! Wenn ihr alle Karten zugleich in den Schlitz sausen laßt, seid ihr am Ende reif fürs Irrenhaus. Das ist nicht der Sinn der Sache!"

Er ließ die streitenden Gefährten stehen und ging wieder hinüber in den Kommandoraum, um nach Henri zu sehen.

Der kam ihm schon entgegen. Er war kreidebleich. „Es ist was Furchtbares passiert...", sagte er heiser.

„Was?" fragte Superhirn kurz.

„Der Professor ist tot!" schluckte Henri.

Alarm im Weltall

Superhirn hatte sich mit Henri in den Kontrollraum zurückgezogen, damit die anderen nichts hörten. Auch er war blaß; aber er hatte längst gelernt: Gerade der allerschlimmsten Nachricht soll man mit der allergrößten Fassung begegnen.

„Der Professor ist tot?" fragte er ruhig. „Woher weißt du das? Wie gelangte die Nachricht hierher?"

Erst jetzt merkte er, daß der Freund nicht im Sessel des Bordkommandanten, sondern in dem des Flugingenieurs saß.

„Warum hockst du auf meinem Platz?" fragte Superhirn.

„Ich habe den Gedankenstrahler benutzt", erwiderte Henri. „Nach genau neunzig Minuten gab ein Kontrollgerät an, daß wir die Erde zum erstenmal völlig umkreist hatten. Ich schaltete Erdsicht auf Schirm sechs und sah am Rand Westeuropa. Ja, ich habe sogar die Gegend von Marac am Golf von Biskaya erkannt. Da kam ich auf die Idee, in diese komische Telepathor-Lupe zu gucken. Ich dachte mir, jetzt könnte ich Charivaris Gedanken besonders gut auffangen, obwohl...", Henri schluckte, „... obwohl ich's vorher schon mal probiert und was Wichtiges empfangen hatte..."

„Der Reihe nach!" befahl Superhirn. „Aber laß mich erst mal in meinen Sessel!"

Henri und Superhirn tauschten die Plätze.

Superhirn setzte sich und zog den Telepathor heran.

„Ich sah in den Brennpunkt des Glases", berichtete Henri, „wobei ich stark überlegte, wie die Piraten im ‚Meteor' wohl aussähen. Wir kennen sie ja noch nicht. Bald aber hatte ich eine klare Vorstellung von den Burschen. Daran merkte ich, daß mir der Professor ihre Bilder ins Gehirn strahlte. Ja, er tat es so deutlich, daß ich danach Zeichnungen anfertigen konnte. Ich war ganz verblüfft, wie rasch das ging, und ich habe über meine Zeichenkunst ganz schön gestaunt: Die Bilder wirken wie Fotos!"

„Du hast doch hoffentlich keinerlei Funk dazu benutzt?" fragte Superhirn schnell. „Diese Bilder — ich sehe sie mir gleich an — sind nicht etwa Funkfotos?"

„Nein", beeilte sich Henri zu versichern. „Ich bin doch nicht blöd! Was denkst du denn? Ich weiß sehr wohl, daß Charivaris Bodenstation und wir keine Funkverbindung aufnehmen dürfen, damit die Piraten nichts abhören oder mitsehen könnten."

„Gut. Nun zum Professor!" Superhirn rückte das Glas zurecht, um Henris Meldung zu prüfen. „Was war weiter?"

„Ich sagte schon — nach der ersten Erdumkreisung benutzte ich den Gedankenstrahler noch einmal. Charivaris stumme Antwort war: ‚Ich halte mich kaum noch aufrecht. Die alte Wunde und die Gehirnerschütterung — es geht zu Ende!'"

„Mensch", rief Superhirn. „Wir hätten das mehr beachten sollen! Die Piraten hatten ihn übler zugerichtet, als wir dachten! Statt dessen sind wir Hals über Kopf in das Raumschiff gerannt, um seine meuternden Leute zu verfolgen! Ich glaubte, er sei wenigstens fähig, uns von der Bodenstation aus zu lenken!"

Henri nickte trübe. „Wir waren voreilig. Tati hätte ihn erst gesund pflegen sollen. Den ‚Meteor' hätten wir auch später noch jagen können. Was machen wir nun?"

„Vor allem geraten wir nicht in Verzweiflung", erwiderte Superhirn. „Und noch eins, Henri: Was immer geschehen sein mag — es bleibt unser Geheimnis. Die anderen dürfen kein Sterbenswort davon erfahren. Wenn sie auftauchen, scheuchen wir sie ins Freizeit-Center zurück — oder in die Bordküche. So, nun still. Diese Gedankenlupe zeigt einen schwachen Brennpunkt!"

Superhirn starrte auf das dicke Glas und bemühte sich, seine Gedanken in stumme Sätze zu fassen.

„Hallo, Professor ...! Professor Charivari", dachte er Wort für Wort. „Henri sagt mir, Sie melden sich nicht mehr ... Hallo! Hören Sie mich noch? Empfangen Sie diese Gedanken?"

Eine bange Weile verging.

Aber kein fremder Gedanke strahlte in sein Hirn. Also mußten die Lebensgeister des Professors tatsächlich erloschen sein. Die telepathischen Augenhaftschalen, die Charivari für diese Art von Nachrichtenübermittlung trug, hätten sonst wenigstens noch Gedankenfetzen gesendet.

Eben wollte er das Gerät abstellen, als der Brennpunkt etwas schärfer wurde. Gleichzeitig hatte Superhirn eine

Vision des Professors: Charivari lag reglos über seinem Schreibtisch. Und es kam ein Gedanke: „... bin so schwach, so schwach ..."

Superhirn zuckte vor Freude zusammen. Der Professor war also doch nicht tot!

Aber bevor Superhirn hoffnungsvoll aufatmen konnte, verblaßten Vision und Gedankenbruchstücke. Der Junge nahm nur noch seine eigenen Gedanken wahr. Über den Telepathor kam nichts mehr, nichts, nichts ... Auf der anderen Seite des Sendeweges, unten in Charivaris Bodenstation, hinter den Augenhaftschalen des Professors, war sozusagen alles dunkel ...

„Was ist?" fragte Henri bedrückt.

„Nichts", sagte Superhirn tonlos. „Du hast recht, es ist aus. Er ist zwar noch einmal aus der Bewußtlosigkeit erwacht, aber es war wohl ein letztes Aufflackern ... Seine Haftschalen strahlen nichts mehr aus, und unser Telepathor schweigt!"

„Jetzt haben wir keine Verbindung zur Erde mehr", murmelte Henri. „Wer leitet uns hinunter?"

Superhirn lachte trocken. „Das frage ich mich auch! Dies ist zwar keine gewöhnliche Raumkapsel, die umständlich aus dem Meer geborgen werden muß, sondern ein nahezu ortsunabhängiges Allzweckfahrzeug. Wir können damit fliegen und aufsetzen wie mit einer Verkehrsmaschine, über den Ozean rutschen wie mit einem Luftkissenboot und tauchen wie mit einem U-Boot. Aber wir sind an diesem Ding nicht ausgebildet, und ohne den wahren Lenker, den Profesor, sehe ich schwarz!"

„Der eine Bruder Charivaris leitet die Mondstation", überlegte Henri, „der andere die Unterwasserstation auf der Erde. Wenn wir uns nun mit einem der beiden in Verbindung setzten?"

„Der Professor muß einen Grund gehabt haben, daß er uns dazu mit keiner Silbe und keinem Gedanken riet", meinte Superhirn stirnrunzelnd. „Vielleicht hat er gefürchtet, die Besatzungen der Mond- und Unterseestation könnten ebenfalls verrückt spielen und seine Brüder genauso überwältigen, wie es die Meuterer mit ihm taten. Sicher hat er fest damit gerechnet, daß wir ‚Meteor' mit Hilfe seiner Gedankenleitung zum Aufgeben zwingen würden."

„Aber die Gedankenleitung besteht nun nicht mehr", stellte Henri fest.

Superhirn nickte. „Und jetzt erst sind wir wirklich ganz und gar auf uns allein gestellt und können uns bei niemandem mehr einen Rat holen ..."

„Und wenn wir nun doch versuchten, die Mondstation zu erreichen?" überlegte Henri.

„Dann stürzt sich der ‚Meteor' auf die Unterwasserstation", meinte Superhirn. „Schätze, die Meuterer warten bloß darauf, daß wir abdrehen und uns einem der beiden Stützpunkte zuwenden. In diesem Augenblick würden sie Kurs auf den anderen nehmen. Daß wir ihnen so dicht auf den Fersen sind, paßt ihnen bestimmt am wenigsten. Sicher beobachten sie uns dauernd auf ihrem Himmelsvisor."

Henri lachte bitter. „Nur den Gedankenstrahler hatten sie nicht! Das Gerät, mit dem nur unser Raumschiff ausgestattet war, der einzige Apparat, dessen Bedeutung nicht mal Charivaris Chef-Astro kannte! Es ist zum Heulen!"

„Nana!" beschwichtigte Superhirn. „Vergiß nicht: Wir haben immer noch unverschämtes Glück ... Unser ‚Monitor' ist stärker als das Piratenfahrzeug. Hätte Charivari nicht ein Startrelais aus dem ‚Monitor' genommen, so wären die Burschen natürlich mit diesem Raumschiff geflohen."

„Ach ja ..." Henris Gesicht verdüsterte sich noch mehr. „Das bringt mich auf die Bilder, die mir Charivaris Gedanken eingaben und die ich angefertigt habe — die Verbrechertypen ..." Er ließ eine Art Pult am Tischrand hochschnappen, öffnete den Deckel und zog etwa ein Dutzend Zeichnungen heraus. „Die hab ich auf telepathische Anweisung gemacht. Gewöhnlich kann ich nicht so rasch und so gut zeichnen."

„Du hast sogar die Namen daruntergeschrieben." Superhirn grinste schwach. „Hm. Aber wenn man sich die Gesichter der Kerle betrachtet, kann einem angst und bange werden!"

„Das fand ich auch", bestätigte Henri rauh.

„Chef-Astro Dr. Muller, das war Professor Charivaris Erster Assistent, der tückischste Verräter, ein von Ehrgeiz nahezu zerrissenes Gesicht — Junge, Junge ... Und wen haben wir hier? Systemspezialist Prof. Viechsbrunn — Viechsbrunn, na, ein ungemütlicher Mann. Dann: Die Astros Dr. Dr. Capuso und John Bart sowie Jan Eikkoonen, die Ingenieure Smith, Krachuwitsch, Villeneuve und Mayersmann und drei Kerle, unter deren Bilder du Raumfahrttechniker geschrieben hast: Dirk Luns, Fürst Pitterich und Valdez Fadango."

„Ganz schöne Sammlung, was?" fragte Henri.

„Viechsbrunn, Capuso, Villeneuve und Fadango sind sehr berühmt gewesen", erklärte Superhirn. „Aber sie waren so eigensinnig, daß man sie in staatlichen Raumfahrtzentren

nicht mehr brauchen konnte. Zusammenarbeit — Teamwork — ist dort alles. Wer die Disziplin bricht, fliegt raus. So ging es diesen Männern, und so wird es auch den anderen gegangen sein. Es blieb ihnen nichts anderes übrig, als sich Professor Charivaris Vorhaben anzuschließen."

„Ich lege die Bilder lieber in das Pult zurück", meinte Henri. „Den anderen könnte bei dem Anblick schlecht werden. Aber jetzt wissen wir wenigstens, wen wir im ‚Meteor' vor uns haben — na, ich danke!"

„Ich auch", murmelte Superhirn, der sich wieder dem Himmelsvisor zuwandte.

Plötzlich fuhr er hoch. Er starrte entgeistert auf einen der Bildschirme, der eingeschaltet war und über den in wilden Kurven weiße Zeichen zuckten. „Mensch, Henri!"

„Was ist?" fragte der Bordkommandant.

„Wer hat den Außenfunk eingeschaltet?" Superhirn, sonst die Ruhe selbst, schrie das beinahe.

„Außenfunk?" Henris Augen weiteten sich.

„Das ist der Kontrollschirm für Außenfunk!" rief Superhirn. „Die Anlage ist in Betrieb!"

„Was heißt das?" Doch der Bordkommandant sah den Flugingenieur ahnungsvoll an.

„‚Meteor' hat alles mithören können, was wir gesprochen haben", zischte Superhirn. Er suchte die Taste auf einer Dreistufenleiste vor dem Befehlstisch und drückte darauf. Sofort wurde der Kontrollschirm für den Außenfunk dunkel.

Superhirn fiel in den Sessel zurück. Auf seiner Stirn glänzte Schweiß.

„Henri!" hauchte er. „Überleg mal! Ich flehe dich an, denk scharf nach, so scharf du irgend kannst! Wann — meinst du — hast du den Außenfunk versehentlich eingeschaltet? Mit Absicht wirst du es sicher nicht getan haben!"

„Gewiß nicht!" schwor Henri. Dann sagte er mit zitternder Stimme: „Ich muß die Taste berührt haben, als wir die Plätze wechselten!"

„Dann haben die Piraten alles mitgehört!" stöhnte Superhirn. „Sie wissen jetzt, daß der Professor tot ist und daß wir keine Mannschaft von Erwachsenen sind ... Das kann die furchtbarsten Folgen haben!"

Henri, den diese Erkenntnis wie ein Schlag vor die Stirn getroffen hatte, erwiderte schwach: „Es war doch nur Hörfunk, nicht?"

„Bildfunk wäre allerdings noch viel hübscher gewesen!" lachte Superhirn grimmig.

Superhirn war nicht gewohnt, sich trüben Gedanken hinzugeben. Er schaltete die Informationstafel an der Wandleiste ein und ließ die Stichworte darüber hinweglaufen, die für den ‚Monitor'-Betrieb gespeichert waren.

Bei „Abwehrbereitschaft" drückte er die Taste wieder, und schon ertönte die Maschinenstimme hohl und schleppend:

„Hitzeschilde in Betrieb nehmen — Knopf B an Backbord bis zum Anschlag drehen — an Außenhaut des Raumschiffes bildet sich Geliermasse, die jedem Angriff mit Strahlen oder Hartgeschossen widersteht ..."

„Du meinst, ‚Meteor' wird uns doch angreifen?" fragte Henri.

„Ich bin jetzt überzeugt davon", versetzte Superhirn knapp. „Schnell, dreh den Knopf B an Backbord bis zum Anschlag. Die Kühlanlage für die Hitzeschilde war ja zum Glück noch in Betrieb. Und nun kümmere dich um deine Geschwister und Freunde. Lenk sie ab, laß sie nichts merken! Seht euch den Wohnteil des Raumschiffs an! Ich gebe erst Alarm, wenn's nicht mehr zu vermeiden ist!"

Henri fand die Gefährten im Freizeit-Center, wo sie sich eben einen Wald mit all seinen Gerüchen vorspiegelten. Es duftete köstlich nach Tannennadeln, Kräutern und modrigem Holz. Man sah ein Rudel Rehe, und der Pudel Loulou war ganz außer sich, als er einen hoppelnden Hasen bemerkte.

Henri, der das Freizeit-Center ja noch nicht kannte, stand eine Weile wie gebannt. Wahrhaftig — hier konnte man vergessen, daß man an Bord eines Raumschiffes war!

Doch dann erinnerte er sich an den Tod des Professors, an die Panne mit dem Außenfunk, an Superhirns Alarmvorkehrung — und vor allem an die teuflischen Gesichter der Piraten auf den Bildern...

„Kinder", sagte er entschlossen. „Ich muß euch leider unterbrechen. Ihr werdet bestimmt Hunger haben. Wir müssen also erst mal erkunden, wo die Bordküche ist. Außerdem müssen wir rauskriegen, wo unsere Schlafzimmer und die übrigen Räume sich befinden!"

„Au ja!" krähte Micha. „Wo sind denn die Toiletten? Der Pudel braucht eine Hundetoilette!"

„Na, da wird sich schon was finden lassen", lachte Gérard. Er drückte die rote Kontaktplatte, so daß der Wald ringsum und über ihnen samt seinen köstlichen Gerüchen verblich. „Wir kraxeln jetzt mal durch den ganzen ‚Monitor'!"

Zuerst fanden sie tatsächlich die Küche. Dann kamen sie durch einen Wohnsalon, in dem sich ein langer, flacher Tisch mit mehreren Sesseln befand. Die vier Schlafräume glichen Kabinen. Ihre Ausstattung bestand hauptsächlich aus je zwei Betten und einer Liege.

„Tati, ich und Loulou schlafen zusammen", rief Micha. „Der Pudel kriegt das Notbett!"

Danach tappten sie durch eine Schleuse in den Lastenraum. Das war eine glattwandige Höhle, die sichtlich den Zweck hatte, Sachen zum Transport durchs All aufzunehmen.

„Hier hat Loulou Auslauf", meinte Henri. „Einen richtigen Platz oder eine Straße können wir ihm nicht herzaubern!"

Um die Hundesorgen kümmerte sich Gérard nicht. Er blickte auf die beiden festgelaschten Apparate inmitten der Halle. „He, was ist das...", rief er verblüfft.

„Ein kleines Raumschiff!" staunte Prosper. „Ein Hilfskäfer, würde ich sagen. Ich meine, eine Art Beiboot wie auf einem Seefahrzeug! Fehlen nur die Rettungsringe!"

„Und das da?" schrie Micha. „Ein Auto! Ein todschickes Auto..." Enttäuscht fügte er hinzu: „Aber es hat keine Räder!"

„Das ist ein fliegendes Auto", stellte Henri fest. „Ich nenne es so, weil es eins von den Dingern ist, die sich auf

Luftkissen oder Strahlenpolstern über dem Boden fortbewegen können."

„Dient sicher zur Erkundung unbekannter Landgegenden", meinte Gérard.

„Und was mag hinter diesem Raum sein?" fragte Tati.

„Der Geräte- und Antriebsteil vom ‚Monitor'", meinte Henri. „Was sonst? Aber den lassen wir lieber. Ich schätze, nur die Kommandozentrale, die Aufenthaltsräume und der Lastenraum haben künstliche Schwerkraft. Im Geräteteil könnte es passieren, daß wir herumschweben wie Kissenfedern."

„Auch Loulou?" fragte Micha.

„Klar!" erwiderte Prosper. „Wenn es keine Anziehungskraft gibt — wie zum Beispiel auf der Erde —, schwebt alles frei im Raum, sogar eine Tasse, ein Bleistift, ein Hammer oder ein Kochtopf — alles, was nicht ordentlich befestigt ist!"

„Denk doch nur an die Filme aus dem Inneren gewöhnlicher Raumschiffe", erinnerte Gérard. „Da schweben die Astronauten doch immer schwerelos herum. Bei der Arbeit sind sie angeschnallt."

Plötzlich brach ringsum die Hölle los. Eine Sirene heulte, Klingeln schrillten, an den Wänden erschienen zuckende Lichtpfeile, die in Richtung des Kommandoraums wiesen. Loulou bellte wie besessen. Seine jammervolle Hundestimme wurde durch das schaurige maschinelle Gebrüll übertönt:

„Alarm...!"

Henri stand einen Augenblick wie erstarrt. Er begriff: Superhirn hatte den Alarm ausgelöst. Es war soweit! „Meteor" griff an!

Großeinsatz im Hochmoor

Der Professor war nicht tot, wie Henri und Superhirn geglaubt hatten. Doch zu ihrem Unglück, zum Unglück der ganzen Besatzung, konnte er nicht helfen. Ja, der Professor ahnte nicht einmal, was im Weltraum geschehen war.

Als er aus seiner Ohnmacht erwachte, fand er sich am Tastenschreibtisch im silbrig schimmernden, eiförmigen Befehlsraum der geheimen Bodenstation.

Allmählich fielen ihm die Geschehnisse der letzten Tage und Stunden wieder ein:

Sein Chef-Astro Dr. Muller und die Männer vom fliegenden, technischen und wissenschaftlichen Personal hatten gemeutert. Sie hatten ihn niedergeschlagen und waren mit dem „Meteor" geflohen — mit dem „Meteor", weil der besser ausgerüstete „Monitor" nicht startbereit gewesen war. Im Trubel der Meuterei und der Flucht hatte Professor Charivari einige Sicherheitsvorkehrungen vernachlässigt. So waren ihm Superhirn, Henri, Gérard, Prosper, Tati und Micha auf die Spur gekommen: zu seinem Glück, denn sie hatten ihn gerettet.

So unglaublich es schien: die Feriengruppe, die ins Hochmoor gezogen war, um bei der Bruchsteinkapelle zu zelten, bildete jetzt des großen Gelehrten einzige und letzte Hoffnung. Wobei diese Hoffnung weniger auf die Ferienkinder als vielmehr auf Superhirn gegründet war. Und natürlich auf die Gedankenverbindung mittels seiner Augenhaftschalen und des Telepathors an Bord des Raumschiffs „Monitor".

Der Telepathor war stark. Die Gedankenströme mußten auch durch geschlossene Augenlider über die Haftschalen ins Gehirn dringen. Professor Charivari hatte das an dressierten Hunden erprobt: Der Gedankenstrahler konnte sie aus Schlaf und Betäubung wecken, so daß sie die erteilten Befehle ausführten.

Stöhnend faßte sich der Professor an die Stirn. Die Wunde, die von den Meuterern stammte, mußte wieder geblutet haben. Die häßlichen Flecke auf den Tasten wiesen darauf hin. Wie lange mochte er besinnungslos gewesen sein?

Gleichgültig, dachte Charivari. Mit „Monitor" ist alles in Ordnung! Hätte der Telepathor etwas ausgestrahlt — die Augenhaftschalen hätten es aufgefangen und meinen Geist geweckt.

Professor Charivari wußte nicht, wie tief seine Ohnmacht gewesen war. Monatelange Überarbeitung, die Aufregung des Überfalls, die Verletzung, die Anspannung beim Start der jungen Freunde, das Wachen am Befehlstisch, das Absichern der gesamten geheimen unterirdischen Bodenstation mit den Raumschiffgaragen und der Abschußrampe im Meer — diese mörderische Belastung hatte sich plötzlich gerächt. Charivari war völlig weg gewesen, weg wie ein Stein in einem tiefen, tiefen Brunnen. Selbst ein doppelt starker Telepathor oder doppelt starke telepathische Augenhaftschalen hätten dem Ohnmächtigen keinen Gedanken zuführen können.

Doch der Professor murmelte: „Alles in Ordnung, gewiß, gewiß. Hätte ich im Schlaf Alarmgedanken empfangen, so würde wenigstens eine schwache Erinnerung in mir aufblitzen."

Wie gesagt: Charivari täuschte sich.

Benommen taumelte er in sein Badezimmer, nahm den blutigen Verband von seinem Kahlschädel, tupfte die Wunde vorsichtig ab und klebte ein gepolstertes Pflaster darauf.

Das Sausen, Summen und Brummen in seinen Ohren störte ihn. Eine Folge der tiefen Bewußtlosigkeit.

Bevor er die Augenhaftschalen unter den brennenden Lidern hervorzog, stand er still und konzentrierte sich. Er sendete noch einmal Gedanken zum „Monitor" — sicherheitshalber. Ausgerechnet während des Waschens konnte ja etwas passieren. Und da er wegen der Meuterer jeden Funkverkehr hatte einstellen lassen, war dies die beste und zuverlässigste Verbindung, auch die unmittelbarste.

„Alles in Ordnung, Superhirn und Henri?" strahlte Professor Charivari aus. „Ihr sendet nicht! Demnach ist ‚Meteor' immer noch auf Erdumlaufbahn? Es kann sein, daß sich die Meuterer untereinander zerstritten haben."

Charivari wartete eine Weile, doch es kam keine Gedankenantwort. Nun, dachte er, nichts los. Sonst säße einer am Telepathor. Wahrscheinlich werden sie in der Bordküche, im Freizeit-Center oder in den Kabinen sein.

Vorsichtig tat er die kostbaren Augenhaftschalen auf ein Taschentuch. In diesem Moment tönte es durch den Warnverstärker der Bodenstation: „Professor! Professor Charivari! Wo sind Sie?"

Der Professor erstarrte.

Das Sausen und Summen in seinen Ohren hatte sich gegeben. Auf einmal unterschied er eine Fülle von nahen und entfernten Stimmen und Geräuschen.

„Professor!" Das war der Bauer Dix, der ihm diesen westlichen Teil des Hochmoors mit der Steilküste verkauft hatte. Aber nicht nur Dix lief da oben über der geheimen Bodenstation herum, in seiner Begleitung befanden sich eine Menge Leute, wie die Lautsprecher-Warnanlage verriet.

Soldaten, Feuerwehr, Polizei — das hörte er an den Anreden. Man suchte etwas!

Eisig durchzuckte es den Professor: Hatte man etwa Verdacht geschöpft? War man ihm auf die Spur gekommen? Ahnte man das Vorhandensein der geheimen unterirdischen Station und der Raumschiffgarage vor der Küste?"

Jahrelang hatte Charivari den günstigsten Platz für die geplanten Anlagen gesucht, und er hatte ihn hier im verrufenen Hochmoor, nahe den Todesklippen, gefunden. Die Leute im Badeort Marac hielten ihn für einen harmlosen gelehrten Kauz, einen reichen alten Mann, dessen Hobby es war, in den Höhlen Bodentests durchzuführen, Gesteinsproben zu sammeln und ein Buch darüber zu schreiben.

Kaum jemals kam einer zu der armseligen Hütte, die zwischen Büschen über der supermodernen Bodenstation ihr windschiefes Dasein fristete — und in der der menschenscheue Gesteinsforscher zu wohnen vorgab.

„Professor Charivari!" gellte es wieder durch die Warnanlage. Der Rufer — und die übrigen Sprecher dort oben — hatten keine Ahnung, daß ihre Stimmen über viele Verstärker durch die Bodenstation hallten. Der Professor hörte an ihren Worten, daß sie zum Glück noch nicht wußten, wo sie ihn suchen sollten. Trotzdem dachte er fieberhaft: Ich muß hinauf, muß den Ahnungslosen spielen.

Hastig steckte er das Taschentuch in die Kitteltasche. Dabei entglitten ihm die telepathischen Haftschalen, und knacks, knirsch, trat er darauf. Ächzend bückte er sich.

Als er sich wieder aufrichtete, sah er sein totenblasses Gesicht im Spiegel über dem Waschbecken. Er hatte allen Grund, so bleich zu sein: Die kostbaren kleinen Plättchen, die Haftschalen, die ihn im wahrsten Sinne des Wortes mit der Besatzung des „Monitors" verbanden, waren unter seinen Füßen zersplittert.

Er würde den Funkbetrieb wiederaufnehmen müssen, und die junge Mannschaft des Raumschiffes würde die Sende- und Empfangsanlagen auch wieder einschalten, wenn sie merkte, daß über den Telepathor keine Gedankenvermittlung mehr möglich war. Aber Charivari mußte die Station verlassen. Man suchte ihn. Oben im Hochmoor und bei den Klippen schien der Teufel los zu sein. In das Stimmengewirr mischte sich das Geräusch von Automotoren und das Knattern von Hubschraubern.

Der Professor streifte den weißen Kittel ab, lief in den Nebenraum und zerrte eine speckige, alte Jacke aus einem Schrank. Dann nahm er den Stock, den er stets trug, wenn er übers Hochmoor nach Marac ging.

An der Tür stutzte er. Rasch ging er noch einmal zum Schrank, kramte nach einem flachen Kästchen, öffnete es und entnahm ihm eine Brille — richtiger: zwei Teile einer Brille, denn das linke Glas war aus der angeknacksten Fassung gesprungen.

Besser als nichts, dachte er verzweifelt. So gut wie die Haftschalen ist das kaputte Ding nicht, aber es wird die einzige Möglichkeit sein, mit „Monitor" in Verbindung zu treten, wenn ich oben im Freien bin.

Die Brille war zu telepathischen Zwecken zu gebrauchen wie die Augenhaftschalen, nur war sie alt. Sie stammte noch aus der Zeit der Versuche. Das dümmste war, daß man mit dem herausgesprungenen Glas und dem Gestell jonglieren mußte. Das würde die erforderliche geistige Anspannung beeinträchtigen.

Eilig durchquerte der Professor die gleißenden, leeren Räume der Bodenstation. Er lief durch Gänge, Schleusen, Kammern und wieder durch Gänge, bis er eine Art Schrank erreichte. Hier endete der blitzsaubere Kunststoffußboden, hier endeten auch die glatten, metallisch schimmernden Wände mit ihrem künstlichen, kühlen, indirekten Licht.

Hinter der Schranktür befand sich eine Leiter, die in die Ofenattrappe der alten Hütte hinaufführte. Mochte die Hütte jetzt auch ein Trümmerhaufen sein, weil der Professor sie nach dem Kampf mit den Meuterern durch versehentlichen Tastendruck zerstört hatte, der Eingang war uneinnehmbar. Er war durch verfestigte Luft gegen jede Menschengewalt geschützt.

Charivari sprach einen Wort-Code in ein verstecktes Mikrofon, so daß sich die Schranktür öffnete. Zum Schließen benutzte er auf der anderen Seite — am Fuß der Leiter — dieselben Worte. Ebenfalls mit einem Wortschlüssel öffnete er die Verfestigung des Ausgangs oberhalb der Leiter. Er sagte zwar nicht „Sesam öffne dich" wie Ali Baba im Märchen, aber er gebrauchte eine Wortfolge, die er einmal vorwärts und einmal rückwärts sprach. Die Luftpanzerung wich auch nicht durch „Spuk", sie wurde durch einen eingebauten *Sprachanalysator* gelöst.

Mit dem Stock stieß er die Herdringe hoch und zur Seite — und stieg durch den Ofen in die Trümmer der Hütte.

Das erste, was er sah, war ein Feuerwehrmann, der ihn anstarrte, als sei er ein Geist.

„Guten Tag", lächelte der Professor. Mit geübten Griffen hob er die Herdringe auf, rückte sie auf dem Ofen zurecht und setzte das runde Mittelstück ein. Rasch sprach er die Verfestigungsformel. Das eingebaute Mikrofon löste daraufhin über den Sprachanalysator die neuerliche Luftpanzerung rund um den Eingang aus.

„Was ist das?" stammelte der Feuerwehrmann. „Himmel, wer?"

Doch schon bahnte sich der Bauer Dix einen Weg durch die Hüttentrümmer.

„Herr Professor!" Er lachte beinahe närrisch. „Was meinen Sie, wie lange wir Sie suchen! Mir fällt ein Stein vom Herzen — so schwer wie der größte Felsen von Marac!" Er wandte sich an den Feuerwehrmann, der noch immer wie angewurzelt dastand: „Haben S i e den Professor gefunden?"

„Ich?" Der Feuerwehrmann strich verwirrt über sein Lippenbärtchen. „Ja — nein! Ich habe ihn nur als erster gesehen! Ich sah, wie er aus dem Ofen stieg."

„Aus dem Ofen?" lachte der Bauer Dix. „Mann, mir scheint, hier spinnt allmählich jeder! Seit die Küstenwache gestern ihre komische Meldung gemacht hat, sieht alle Welt in Marac Gespenster! Ein Sturm hat die Hütte vernichtet, was sonst? So ein Sturm im Hochmoor ist kein sanftes Lüftchen — wer wüßte das besser als ich, der das Gelände an den Professor verkauft hat! Ich habe ihn oft genug gewarnt, und ich habe ihm auch immer wieder gesagt, daß die Steilküste und der Strand wegen ihrer Todesgefahren verrufen sind. Aber das hat ihm nichts ausgemacht. Nicht wahr, Herr Professor?"

„Gewiß, lieber Dix, gewiß . . .", lächelte der Professor. Er gab sich den Anschein der Schüchternheit und Weltfremdheit. „Mir lag daran, meine Studien so ungestört wie möglich durchzuführen, deshalb wählte ich diesen Platz . . ." Ein wenig täppisch drehte er sich nach allen Seiten und betrachtete die Trümmer. „Ein Wirbelsturm, nicht wahr . . . Ich muß wohl sehr lange bewußtlos unter den Brettern gelegen haben."

„Unmöglich!" meldete sich der Feuerwehrmann nun ganz entschieden. „Wir haben jedes Brett umgedreht, den Möbelkram auf einen Haufen getan und überhaupt kein einziges Trümmerstück auf dem anderen gelassen. Es kann nicht sein, daß der Professor darunter lag. Er ist aus dem Ofen gestiegen — aus diesem Ding, das als einziges so fest steht, als sei es hundert Meter tief in die Erde gerammt!"

Wieder lachte der Bauer Dix. „Ich sage ja, alle Welt sieht Gespenster! Woher sollte denn die Wunde am Kopf des

Professors stammen, wenn nicht von einem Balken, der ihn unter sich begrub?"

„Der Balken hat wohl auch gleich das Pflaster mitgeliefert", versetzte der Feuerwehrmann schlagfertig.

Charivari faßte sich an die Stirn. „Wie man's nimmt", lächelte er. „Als ich hinter dem Ofen wieder zu mir kam, fühlte ich den Schmerz. Noch am Boden habe ich mich selber versorgt. Ein Gesteinsforscher, dessen Hobby es ist, in den Klippen herumzusteigen, trägt vorsichtshalber immer ein Pflaster in der Tasche!"

„Na, klar!" rief Dix. „Ich möchte nur wissen, wo das Aufräumungskommando seine Augen gehabt hat!"

Der Feuerwehrmann murmelte etwas. Er trat an den Ofen heran und versuchte ihn zu öffnen. Als ihm das nicht gelang, schüttelte er den Kopf. Dann sah er den Bauern an und lachte.

„Sie haben recht. Hier im Hochmoor sieht man Gespenster. Das hat meine Großmutter schon immer gesagt." Er zog ein Päckchen aus der Tasche, wickelte ein Butterbrot aus und biß kräftig hinein. Die rätselhafte Sache war für ihn erledigt. Professor Charivari atmete auf.

Doch der Mann war nicht die einzige unangenehme Überraschung, die ihn hier oben im Hochmoor erwartete. Andere Feuerwehrleute durchsuchten die knorrigen Büsche. An den Klippen wimmelte es von Soldaten. Am Bach parkten Polizei-, Sanitäts-, Militär- und Privatwagen. Hubschrauber der Luftwaffe kurvten über Hochmoor, Steilküste und See.

Draußen — weit vor den tückischen Klippen — kreuzten Schnellboote der Küstenwache. Ein hochbordiges rotes Schiff hatte geankert. Am Horizont sah man die Umrisse eines Kriegsschiffs.

Den Professor befiel die schreckliche Gewißheit: Das alles galt seiner unterirdischen Bodenstation und seiner unterseeischen Abschußrampe. Ihn, den alten Mann, hatte man nur so nebenbei in den Trümmern der Hütte gesucht.

Wäre er von den Folgen der Meuterei nicht so benommen und verwirrt gewesen, hätte er den Start des „Monitor" nicht zu leiten gehabt und wäre er danach nicht vor Erschöpfung wieder bewußtlos geworden, so hätte er das alles, was sich jetzt hier abspielte, voraussehen müssen.

Beide Raumschiffe, das der Piraten und das der Verfolger, waren ohne abschirmende künstliche Nebelwände gestartet. In Marac mußte man das Brausen und Donnern der Starts gehört und die Feuerschweife beobachtet haben. Die Piraten hatten versucht, die Bodenstation mit Mikrowellen zu vernichten. Wenn ihnen das auch nicht gelungen war, so konnten diese Wellen auf einem Wach- oder Wetterschiff oder bei einer Küsten-Warnanlage alarmauslösend gewesen sein.

Der Professor richtete seinen Blick auf eine Gruppe von Männern, die aus Zivilisten und Uniformierten bestand. Derjenige, der da das größte Wort führte, war ein elegant gekleideter Mann mit sorgfältig frisiertem, weißem Haar.

„Der Innenminister", sagte Herr Dix, auf dem Mundstück seiner erloschenen Tabakpfeife kauend. „Er kam mit dem Flugzeug. Und er hat den Chef der Spionageabwehr und den Leiter des Zivilschutzes mitgebracht. Zwei Generale und ein hoher Polizeibeamter sind auch dabei. Der dahinten ist Vizeadmiral Tombe. Die übrigen sollen Wissenschaftler sein, Atomfachleute oder Strahlenforscher."

Professor Charivari verriet nicht einmal durch ein Wimpernzucken, wie sehr er erschrak. Jetzt begriff er auch, was das verankerte hochbordige Schiff vor den Klippen zu bedeuten hatte. Man prüfte die Radioaktivität.

Und der Kastenwagen, der über das Hochmoor gerumpelt kam, war mit Antennen gespickt: ein Peilwagen, der womöglich schon seit Stunden hier herumfuhr, um Funkwellen oder Strahlen aufzufangen.

Charivari war froh, daß er jeden Funkverkehr mit „Monitor" abgebrochen hatte. Sicher, niemand hätte das Verschlüsselungssystem, in dem die Sprüche die geheime Station verließen, enträtseln können — die Funkwellen selbst würde der Peilwagen aufgefangen haben. Die Raumschiffe waren wegen ihrer besonderen Außenhaut von keiner Sternwarte ortbar, von anderen Raumfahrzeugen nur in unmittelbarer

Nähe. Und die Anlagen der Bodenstation waren unter der Erde von sprengstoffsicheren Abschirmungen genauso umgeben wie die Raumschiffgarage und die unterseeische Abschußrampe. Ohne daß die hohen Herren es wußten, stand hier in Gestalt dieses so weltfremd wirkenden „Gesteinsforschers" der bedeutendste Strahlenfachmann der Welt.

„He, wer ist denn der komische Vogel da?" fragte der Leiter der Spionageabwehr.

Der Minister und sein Gefolge blickten verwundert auf den Professor, dessen ungewöhnliche Körpergröße in keinem Verhältnis zu seiner Hagerkeit stand. Der ovale Kahlschädel war annähernd zitronengelb. Um so schwärzer wirkten die Augenbrauen. Der lackschwarze Schnürenbart reichte bis an den Saum der Jacke. In der rechten Hand trug der Sonderling einen Schlaufenstock, der anscheinend mit einem Gerät gekoppelt war.

„Das ist Herr Professor Brutto Charivari", erklärte ein Ortspolizist. „Ihm gehört das Gelände hier, er hat in der zerstörten Hütte gewohnt."

„Interessant!" rief der Minister. „Ach, das ist der Mann, den der Bauer mit den Feuerwehrmännern gesucht hat?" Von den anderen Herren begleitet, trat er auf den Professor zu.

„Jean Kleber, Minister des Inneren", stellte er sich vor. „Sie sind der einzige Bewohner dieser Gegend, Herr — Herr..."

„Charivari", erwiderte der Professor mit seiner sanften Stimme. Er verneigte sich höflich. „Ich bin *Geochronologe,* Fachmann für die Altersbestimmung von Gesteinen. Es tut mir leid, daß ich die Herren nicht zu einer Tasse Tee einladen kann..." Er lächelte trübe. „Aber Sie sehen ja selbst: Ein Wirbelsturm hat mein Haus zerstört. Übrigens wäre es sowieso zu klein gewesen, um Sie alle aufzunehmen."

„Danke, danke", sagte der Minister. „Was ich fragen wollte: Waren Sie die ganze Zeit hier?"

„Aber natürlich! Wo sollte ein alter Gelehrter sein, wenn nicht an der Stätte seiner bescheidenen Forschungen? Allerdings — nach dem Wirbelsturm muß ich lange bewußtlos gewesen sein."

„Wirbelsturm?" rief einer der Regierungsbeamten. „Herr! Sind Sie Meteorologe, daß Sie das so ohne weiteres behaupten können? Fragen Sie die Küstenwacht und andere Beobachter! Erkundigen Sie sich beim Leiter des Zivilschutzes oder beim Chef der Abwehr, was die zu Ihrem Wirbelsturm meinen!"

Ho, das klang gefährlich — doch Charivari begriff, daß es nicht gegen ihn, sondern gegen seine Ansicht gerichtet war. Im übrigen sah man, die Herren waren schlechter Laune. Anscheinend hatten weder der Peilwagen noch die Schiffe, noch die Hubschrauber irgendeine aufschlußreiche Meldung machen können.

„Lassen wir Vermutungen aus dem Spiel", begann der Leiter des Zivilschutzes, nachdem er sich vorgestellt hatte. „Als einziger Bewohner dieser hochgelegenen Stelle wären Sie der beste Zeuge für die Vorgänge von gestern. Haben Sie nichts Auffälliges bemerkt?"

Professor Charivari tat, als dächte er nach. „Nein", sagte er dann. Er bemühte sich, seiner Stimme einen entschuldigenden Klang zu geben. „Ich war wie immer in meine Arbeit vertieft. Die Ergebnisse meiner Gesteinsforschungen schreibe ich nämlich täglich auf."

Einer der Beamten unterbrach ärgerlich: „Natürlich! Immer dasselbe mit den Gelehrten! Wenn sich so einer in seine Arbeit vergräbt, kann die Welt untergehen! Wahrscheinlich hat er noch nicht mal den Einsturz seiner Hütte gemerkt!"

„Ehrlich gesagt — nein", lächelte der Professor sanft. „Aber wenn ich auch einmal etwas fragen darf: Was soll denn eigentlich gewesen sein?"

„Recht eigenartig, wenn der sonderbare Sturm und das andere zwei Dinge waren", meinte der Leiter des Zivilschutzes. „Nun ja — aber davon verstehen Sie nichts. Sie sind ja nur Gesteinsforscher."

„Einen Moment", unterbrach ein schmaler, kleiner Herr. „Mein Name ist Roger Chambre, vielleicht kennen sie mich,

Herr Professor. Ich bin der Direktor des Staatlichen Strahlenforschungs-Instituts. Haben Sie an Ihren Gesteinsproben jemals Radioaktivität festgestellt?"

„Das war mir mit meinen bescheidenen Mitteln nicht möglich", erwiderte Charivari scheinbar verlegen.

Einige der Männer grinsten verstohlen. Dieser Kahlschädel mit dem Strippenbart und dem komischen Stock sah wirklich nicht aus, als könne er mit modernen Geräten umgehen.

Der Minister lächelte nicht. Er musterte den Professor eine Weile schweigend. Plötzlich sagte er:

„Charivari — Professor Doktor Brutto Charivari! — Ihr Name war vor Jahren in allen Zeitungen. Haben Sie nicht im Himalaya-Gebiet, am Südpol und irgendwo in den Weltmeeren Forschungen angestellt? Ich erinnere mich — es hieß sogar, Sie hätten die Schätze versunkener spanischer Schiffe gehoben!"

„Nicht ich, sondern meine Brüder", erklärte der Professor schnell. „Ja, ich hatte zwei Brüder: Doktor Bianco Charivari und Dr. Enrico Charivari. Das waren berühmte Abenteurer. Vor einigen Jahren sind sie im Himalaya verschollen."

Das war eine glatte Notlüge. Charivari konnte dem Minister ja nicht verraten, daß er die gehobenen Schätze für den Bau seiner Stationen verwendet hatte — genau wie das am Südpol gefundene Gold — und daß Bianco Charivari den geheimen Stützpunkt auf der Rückseite des Mondes leitete, während Enrico Charivari die Erdunterwasserstation im Stillen Ozean befehligte.

„Tja, aber — um auf Ihre Frage zurückzukommen, Herr Professor", sagte der Minister höflich. „Ihre Hütte scheint wirklich einem Sturm zum Opfer gefallen zu sein. Ich höre den ganzen Morgen nichts anderes von den Einheimischen, als daß das Hochmoor ein meteorologisch sehr merkwürdiges Gebiet ist. Ein örtliches Gewitter mag ein übriges getan haben. An einigen Stellen ist das Gras stark versengt. Zudem machen auch die vielen Mulden, die wie frische Krater wirken, einen verblüffenden Eindruck."

Wieder zuckte der Professor mit keiner Wimper. Die versengten Stellen und die frischen Krater stammten vom Angriff der Meuterer, den sie mit dem „Meteor" gleich nach dem Start unternommen hatten — noch bevor Superhirn und die anderen im „Monitor" saßen.

„Ich bin der Meinung, daß wir uns zu sehr mit diesem Hochmoor beschäftigen", ließ sich der Vizeadmiral unwillig hören. „Selbst eine Gruppe von Fachleuten kann harmlose Zeichen falsch deuten, wenn sie von haarsträubenden Geschichten zu sehr beeinflußt ist. Die Bevölkerung von Marac meidet die Gegend wie einen Hexentanzplatz. Diese Hütte da — ich meine, es bedurfte keines Wirbelsturms, um sie umzuwerfen, eine Bö hat genügt. Und solche Krater finden Sie in ähnlichen Küstengegenden überall. Sie gehören zur natürlichen Bodenbeschaffenheit. Versengtes Gras habe ich auch schon gesehen, ohne mir darüber Gedanken zu machen. Wir sollten den albernen Platz jetzt verlassen."

„Und weiter?" fragte der Chef der Spionageabwehr.

„Seepatrouillen verstärken", erklärte der Vizeadmiral. „Ich habe es von Anfang an gesagt: Hier ist nichts anderes passiert, als daß ein fremdes U-Boot vor der Küste mit Übungsraketen geschossen hat. Die Dinger haben den Alarm ausgelöst. Das U-Boot wird schleunigst Kurs auf hohe See genommen haben."

Am liebsten hätte Professor Charivari gerufen: Ja, so war es! Ein U-Boot hat mit Übungsraketen geschossen! Inzwischen ist es hundert Meilen weit weg, und es ist unsinnig, die vielen Leute hier ihre Zeit vergeuden zu lassen! — Doch es blieb ihm nichts anderes übrig, als mit höflichverständnisloser Miene dazustehen und den altmodischen Gelehrten zu spielen.

Innerlich brannte er vor Ungeduld und Sorge. Die supermoderne Bodenstation unter der öden, struppigen Gras- und Krüppelsträucheroberfläche, auf der sich der Minister, die Beamten, Experten und Soldaten ahnungslos bewegten, stand leer ... Selbst wenn er mit „Monitor" in Funkverbindung hätte treten wollen — er hätte es nicht gekonnt.

Es war unmöglich, vor den Augen des Ministers und seiner Herren in den Ofen zu klettern ... Außerdem saß da jetzt der mißtrauische Feuerwehrmann auf der Ringplatte.

Charivari tastete nach der schadhaften Brille, die er als Ersatz für die Haftschalen mitgenommen hatte. Er klemmte die Bügel des angeknacksten Gestells hinter die Ohren. Das lose Glas hielt er mit Daumen und Zeigefinger vor das linke Auge.

„Hallo, Superhirn ...", dachte er angespannt, während er das Gesicht unwillkürlich zum Himmel wandte. „Superhirn, Henri, Gérard, Prosper, Tati, Micha ..." Er wartete, doch er empfing weder von Superhirn noch von einem der Gefährten irgendeinen Gedanken.

„‚Monitor'", dachte er beschwörend, „‚Monitor' — melden ... Gebt Lagebericht über Gedankenstrahler. Superhirn — was macht das Piratenschiff ‚Meteor'? Superhirn! Ich verlasse mich auf dich! Du bist meine letzte Hoffnung! ‚Monitor' — melden! Melden!"

Eben wollte er das Brillengestell und das lose Glas von den Augen nehmen, als ihn ein Gedanke förmlich durchzuckte. Kein eigener, sondern ein fremder. Ein Gedanke Superhirns aus dem Weltall.

„Professor Charivari", blitzte es im Hirn des Professors. „Hier ist Superhirn aus ‚Monitor' auf elfter Erdumlaufbahn. Kampf mit ‚Meteor' auf zweiter und dritter Umlaufbahn bestanden ... Wir dachten, Sie sind tot!"

„Nein!" rief der Professor ganz laut. „Ich lebe! Ich lebe, aber ich kann mich nur noch telepathisch mit euch verständigen. Hört ihr?"

„He, Professor!" ertönte die entsetzte Stimme des Bauern Dix neben ihm. „Was ist denn? Ist Ihnen nicht gut?"

Charivari riß sich das Brillengestell von der Nase und steckte es mit dem losen Glas in die Jackentasche. Er wandte sich um und sah die erstaunten Blicke des Ministers und seines Gefolges auf sich gerichtet. Blitzartig begriff er, daß er sich in der Aufregung vergessen hatte. Statt nur zu denken, mußte er gesprochen, ja, geschrien haben.

„Herr Professor, ich glaube, Sie haben beim Einsturz der Hütte doch ganz schön was mitgekriegt", rief der Bauer Dix besorgt. „Sie sollten sich irgendwo ins Bett legen."

„Das meine ich auch", sagte der Minister. „Sie sehen elend aus, Charivari. Einen stillen Gelehrten muß dieses Getümmel hier verwirren! Ich lasse einen Rettungswagen kommen, der wird Sie nach Marac fahren."

„Danke", murmelte der Professor.

Er griff sich an den Kopf, als sei ihm schwindlig.

„Danke, Herr Minister. Sie haben recht. Man soll seine Kraft nicht überschätzen. Tatsächlich bin ich auch solche Aufregungen nicht gewohnt. Sie sind sehr gütig."

Doch innerlich erfüllte ihn Triumph, ja beinahe Jubel! Er hatte Gedankenkontakt mit „Monitor"! Also hatte er sich doch nicht in Superhirn getäuscht!

Kampf mit „Meteor" auf zweiter und dritter Erdumlaufbahn bestanden? Das klang zufriedenstellend. Demnach war von dem jungen Zufallsastronauten wohl kein Fehler gemacht worden.

Jetzt befand sich „Monitor" also bereits auf der elften Umlaufbahn. Das konnte nichts anderes heißen, als daß das Bordleben wieder völlig normal war. Ja, und das Wichtigste, die telepathische Behelfsbrille funktionierte!

Glück im Unglück, dachte Professor Charivari. Er stieg in den Rettungswagen. Mochte die Bodenstation im Augenblick auch nicht benutzbar sein — Hauptsache, er hatte die alte Brille!

„Bringt den Herrn Professor ins Hotel ,Zu den Drei Enten'", hörte er den Bauern Dix sagen. „Ich werde dafür sorgen, daß seine Hütte wieder aufgebaut wird. Vorher laß ich ihn nicht wieder ins Hochmoor!"

Auch gut, dachte Charivari. Inzwischen waren die Spürkolonnen mit ihren Fahrzeugen abgezogen. Er legte sich erleichtert auf das Bett im Wageninneren und nickte dem Sanitäter freundlich zu. Er war beruhigt. Und er ahnte ganz und gar nicht, daß nach Superhirns Lebenszeichen ein Unglück im „Monitor" geschehen war ...

„Hilfe, wir schweben!"

Daß Superhirn trotz seines festen Glaubens, der Professor sei tot, doch noch einmal den Telepathor eingestellt hatte, war Micha zu verdanken.

Er und Henri hatten es nicht übers Herz gebracht, den Gefährten die — vermeintliche — Wahrheit zu sagen. Völlig auf sich gestellt, hatte „Monitor" auf seiner zweiten Erdumlaufbahn den ersten Angriff der Piraten erfolgreich abgewehrt.

Der meuterische Chef-Astro Muller und seine Kumpane, die im „Meteor" saßen, wußten sehr wohl, daß das andere Raumschiff besser ausgerüstet war. Doch über den versehentlich angestellten Funk hatten sie gehört, daß die Verfolger Jugendliche waren, demnach also nach menschlichem und technischem Ermessen ohne Hilfe von Charivaris Bodenstation nicht auskommen konnten. Und nun erfuhren sie auch noch durch Henris Unvorsichtigkeit, daß der Professor tot war.

Was da im verfolgenden „Monitor" vom Gedankenstrahler geredet wurde, begriffen die Piraten freilich nicht. Ein solches Instrument lag für Dr. Muller auch jenseits aller Vorstellungen. Doch eins schien ihm klar zu sein: Eine ungeübte Besatzung — dazu ohne Hilfe von der Bodenstation — würde, ja mußte Fehler machen, die die Überlegenheit ihres Raumschiffs ausglich.

Also ließ er Alarm geben und die Triebwerke zünden. Unter Vollschub strebte der „Meteor" auf eine höhere, langsamere Bahn, um sich vom „Monitor" einholen zu lassen.

„Nun paßt auf, Männer!" grinste Chef-Astro Muller kalt.

Wieder wurden seine Raketen gezündet. Dr. Muller ließ sein Raumschiff so heftig auf den „Monitor" herabstürzen, daß er noch einmal mit dem Haupttriebwerk gegensteuern mußte.

„Ein riesiger, unvernünftiger Energieaufwand", murmelte einer seiner Leute. Doch es war gelungen, den Sicherheitsabstand vom „Monitor" zu durchbrechen.

Superhirn hatte die Zündung auf dem Himmelsvisor beobachtet und mit Hilfe der Stichworttafel alle Vorkehrungen getroffen. Der Alarm rief die Gefährten in den Kommandoraum.

„‚Meteor' greift an!" meldete Superhirn. „Schnell, auf deinen Platz, Henri! Gérard und Prosper, ihr achtet auf die Instrumente! Tati und Micha — wartet auf meine Befehle!"

Micha blickte verwirrt zum Bildschirm zwei.

„Ich sehe den Professor nicht!" jammerte er. „Wo ist Professor Charivari? Er muß wieder reingucken und uns sagen, was wir machen sollen, wenn die Piraten angreifen!"

„Das finde ich auch!" meinte Tati. „Selbst wenn du auch alles weißt, Superhirn, im Ernstfall brauchen wir Charivari!"

„Henri und ich schaffen es schon", murmelte Superhirn. Er glaubte ja zu der Zeit noch immer, der Professor sei tot!

Auch Henri war davon überzeugt. Mit einem Blick auf den Himmelsvisor stellte er fest:

„‚Meteor' fliegt eine Schleife! Was wird er tun?"

„Sie werden uns doch nicht rammen?" fragte Prosper käsebleich.

„Um sich in Atome aufzulösen?" rief Henri. Doch dann schrie er: „Superhirn, wir müssen was tun! Sieh — er unterläuft uns! Er schießt mit Strahlen!"

Heftig regten sich die Instrumente an den Wänden. Plastikspiralen füllten sich mit Leuchtflüssigkeit. Der Zeiger einer Meßuhr pendelte fortwährend über einen roten Warnstrich. Ein Gerät strömte an- und abschwellende Summtöne aus.

„To-to-todesstrahlen ...", bibberte Micha. „Sie schießen mit Todesstrahlen!"

„Still! Noch bist du kein Geist!" herrschte Tati ihn an. Aber auch ihr war nicht wohl zumute. „Was für Strahlen mögen das sein, Superhirn?" fragte sie.

„Wärmestrahlen! Eine unerhörte Menge von Wärmestrahlen! Ich sehe das am Warngerät, rechts."

„Das heißt, unsere Hitzeschilde werden glühen — ebenso die Gelator-Panzerschicht, die wir um das Raumschiff gelegt haben?" erkundigte sich Henri.

Superhirn nickte. „Aber keine Bange! Verlassen wir uns auf die Gelator-Schicht. Die verdampft durch die Wärmestrahlen — und im Dampf zieht die Wärme ab. Das erlebst du bei jedem Kaffeewasser, es wird nicht heißer, wenn es erst mal kocht. Die übrige Hitze zieht mit dem Wasserdampf ab."

„Hm", überlegte Prosper. „Die Piraten müssen doch wissen, daß ‚Monitor' unangreifbar ist. Wieso versuchen sie es dann doch?"

„Sie hoffen, daß wir einen Fehler gemacht haben", erklärte Superhirn. „Eine für uns kaum wahrnehmbare Kleinigkeit."

„Du hast jedenfalls an alles gedacht?" forschte Prosper.

„Ich denke schon", sagte Superhirn.

Plötzlich ertönte die Maschinenstimme — unheimlicher als sonst, denn niemand hatte die Stichworttafel bedient:

„Achtung — Achtung! Fremdes Raumschiff versucht anzukoppeln!"

Superhirn sprang auf und starrte Henri an. Auch die anderen saßen und standen wie Wachsfiguren.

„Ankoppeln?" rief Superhirn verblüfft. „Wie könnte ‚Meteor' das gelingen?"

Er drückte nun wie rasend die Stichworttaste und ließ das Wort „Ankoppeln" auf der Tafel stehen.

Sofort gab die Maschinenstimme Auskunft: „Tragflächenstutzen backbords und steuerbords sind hohl — sie enthalten Schleusen, durch die man von einem Raumschiff zum anderen kriechen kann!"

„Sie sind rechts von uns!" brüllte Henri. „Die Piraten liegen mit uns Bord an Bord!" Er zeigte erregt auf den Himmelsvisor.

„Triebwerke zünden!" befahl Superhirn geistesgegenwärtig. „Kein Schiff kann am anderen anlegen, wenn es ausweicht!"

Henri drückte die entsprechende Taste, unmittelbar danach flammte eine Reihe von Kontrollampen auf.

Zugleich geschah etwas Unerwartetes: An der Stirnwand sprangen die Hälften einer bisher nicht bemerkten Tür zur Seite, es wurde ein Cockpit wie das eines Flugzeuges sichtbar. Statt der Kanzelscheibe sah man einen Panoramabildschirm.

„Automatische Umschaltung auf Handlenkung!" begriff Superhirn.

„Die Piraten kommen herein!" schrie Micha. „Ich sehe ein Gesicht!"

Prosper blickte sich um. „Bin ich verrückt?" japste er.

Gérard klammerte sich an einen Sessel. „Unser Raumschiff löst sich auf!"

„Quatsch!" rief Superhirn. „Die Wände werden durchsichtig, weiter nichts ... Das muß eine Sichterleichterung sein. Seht nur! Ihr könnt überall hingucken, als schwebtet ihr in einem gläsernen Schiff! Nur die Armaturen, die Geräte im Lastenraum und die Triebwerke sind sichtbar!"

Er lief mit Henri ins Cockpit, beide setzten sich in die vorhandenen Pilotensessel, und Superhirn ergriff das Handsteuer. Er zündete die Triebwerke und ließ den „Monitor" aufwärtsschießen.

„Was macht ‚Meteor'?" rief er Henri zu.

Henri blickte zurück: Aus dem Piratenfahrzeug, das so plötzlich neben ihnen aufgetaucht war, hing eine Gestalt im Raumanzug an einer langen Leine. Dieser Bursche hatte bei abgeschaltetem Triebwerk auf den „Monitor" umsteigen wollen. In seinen Händen sah man Werkzeug — offenbar zum Öffnen der Seitenschleuse. Jetzt wurde er durch den Tragflächenstutzen zurückgezogen, die Luke schloß sich. Ein Feuerstrahl verriet, daß „Meteor" die Verfolgung aufzunehmen versuchte.

„Durch das Sichtfenster in seinem Schutzhelm sah ich eine scheußliche Fratze", wimmerte Micha. „Hoffentlich kommt der fliegende Mann nicht noch mal!"

„Die haben gemerkt, daß wir nicht schlafen", meinte Henri erleichtert.

„Kinder, wenn unser Raumschiff jetzt durchsichtig ist", rief Tati, „dann haben die doch gesehen, daß wir Jugendliche sind! Jugendliche, ein Kind und ein Zwergpudel!"

„Das halte ich für ausgeschlossen", bemerkte Superhirn. „Die Außenwand wirkt wie ein präparierter Spiegel, denke ich. Von der einen Seite, also von innen, kann man durchgucken, von der anderen nicht!"

„Hoffentlich", brummte Gérard. „Aber was machen wir jetzt?"

„Wir warten ab, bis ‚Meteor' wieder unter uns vorbeitreibt", entschied Superhirn. „Er wird sich bald entschließen müssen, wo er hin will."

„Möglicherweise wählt er die Erdunterwasserstation", meinte Henri.

„Ja, und wenn er das tut, dürfen wir nicht auf dem Weg zum Mond sein", erwiderte Superhirn. „Wir müssen ihm zuvorkommen, sobald wir seine Absicht erkennen. Henri, klär doch mal auf der Stichworttafel, was das für eine automatische Alarmstufe war, die der Ankoppelungsversuch ausgelöst hat. Ich möcht zurückschalten!"

„Hochalarm!" meldete Henri. Er drückte die angegebenen Tasten, nachdem sich Superhirn aus dem Cockpit zurückgezogen hatte. Die Wände wurden undurchsichtig wie zuvor, und alle setzten sich wieder in die Sessel.

„Wir bleiben auf Alarmzustand geschaltet", erklärte Henri.

Superhirn nickte. „Mir ist vorhin übrigens etwas aufgefallen, und das könnte für uns sehr günstig sein: Ein Triebstrahl kam immer unregelmäßiger und versiegte schließlich ganz!"

„Ein Triebstrahl — doch nicht von uns?" fragte Prosper entsetzt.

„Quatsch, er meint — vom ‚Meteor'!" rief Gérard hoffnungsvoll.

Henri fuhr vom Sessel hoch. „Klar! Seht mal! Superhirn hat recht! Sie versuchen das eine Triebwerk zu zünden, sie probieren's aus! Und es spuckt nur. Dadurch hüpft der ‚Meteor' wie verrückt!"

Alle umringten den Befehlstisch. Bange zehn Minuten vergingen. Endlich sagte Superhirn erleichtert:

„Panne! ‚Meteor' hat Triebwerkschaden! Eine richtige Weltraumpanne!"

„Fliegen wir nun wieder runter und erzählen es dem Professor?" fragte Micha eifrig.

Henri murmelte: „Lieber nicht, Micha. Das da vorn ist kein Hund, den man von der Leine läßt! Die Piraten werden sich Mühe geben, den Schaden zu beheben!"

„Und inzwischen müssen sie dauernd um die Erde kreisen?" erkundigte sich Prosper.

Superhirn nickte. „Natürlich, wenn sie keine neue Energie zuführen, bleiben sie dauernd auf ihrer Bahn. Inzwischen haben wir Zeit, uns auszuruhen. Tati, mach mal ein anständiges Essen für uns!"

Während die Gefährten im „Monitor" sich über die von Tati zusammengestellten Speisen machten, war den Piraten im „Meteor" der Appetit vergangen.

Chef-Astro Dr. Muller, Professor Viechsbrunn, die Astros Dr. Dr. Capuso und John Bart, der Hilfs-Astro Jan Eikkoonen, die Ingenieure Smith, Krachuwitsch, Villeneuve, Mayersmann, die Raumfahrttechniker Dirk Luns, Fürst Pitterich und Valdez Fadango stritten sich heftig im Kommandoraum.

Dr. Dr. Capuso — die „Fratze", die Micha gesehen hatte — wurde von dem bulligen Professor Viechsbrunn wenig freundlich behandelt: „Idiot!" schimpfte er. „Sie hätten zehnmal Zeit gehabt, die Schleuse zu öffnen. Charivari hat uns eine Hilfsbesatzung nachgeschickt. Es wäre ein leichtes gewesen, sie zu überrumpeln!"

„Diese Hilfsbesatzung macht uns aber ganz hübsch zu schaffen!" schrie der Ingenieur Smith mit seiner Fistelstimme.

„Kein Fehler in der Abschirmung!" erboste sich Valdez Fadango, der fast zwei Köpfe kleiner war als Dr. Muller. „Hochalarm, Handlenkung — eine gekonnte Sache, möchte ich meinen!"

„Und doch haben wir gehört, wie sich zwei junge Burschen unterhielten", meinte der bedächtige Krachuwitsch. „Der Sprachanalysator hat gezeigt, daß es Kinder sein müssen. Da ist kein Zweifel möglich!"

„Kinder!" zeterte Villeneuve. „Wollt ihr euch immer noch einreden, daß Charivari uns ein fliegendes Kinderzimmer an die Fersen geheftet hat? Womöglich sausen die mit Schnullern durchs Weltall, um uns zu verfolgen?"

„Der Sprachanalysator ist in Ordnung, und ich habe die Kinderstimmen selber über Funk gehört", sagte Mayersmann ruhig. „Das Gespräch, vergeßt das nicht, Leute, ist auf Tonband festgehalten!"

„Hm. Da war viel Unsinn dabei", murmelte Chef-Astro Muller finster. „Aber lassen Sie das Band noch mal laufen, Villeneuve!"

Sie hörten noch einmal das Gespräch zwischen Superhirn und Henri, das durch ein Versehen über den Außenfunk zu den Piraten hinübergedrungen war.

„Das ist die Stimme eines Jungen — ganz unverkennbar!" beharrte Krachuwitsch, als sie Henris Worte vernahmen.

„... ich sah in den Brennpunkt des Glases, wobei ich stark überlegte, wie die Piraten im ‚Meteor' wohl aussähen."

Professor Viechsbrunn grinste böse.

„In was für ein Glas mag der Junge gesehen haben, in ein Goldfischglas?" grinste Villeneuve.

„Ruhe!" gebot Dr. Muller.

Jetzt kam Henris Bericht über die Telepathor-Verbindung und wie Charivari ihm die Bilder der Meuterer so klar ins Gehirn gestrahlt habe, daß die Anfertigung von Zeichnungen ein leichtes gewesen sei.

„Ich halte das für albernes Gewäsch", erklärte Fürst Pitterich. „Charivari will uns an der Nase herumführen. Möglicherweise lenkt er den ‚Monitor' fern, vielleicht über die Unterwasserstation seines Bruders. Dieser Schlauberger hatte ja selbst vor seinen engsten Mitarbeitern Geheimnisse. Im ‚Monitor' wird nichts sein als ein Tonbandgerät!"

Jetzt hörte man die aufgezeichnete Stimme Superhirns.

„Das ist kein Gewäsch!" warnte Mayersmann. Sein Gesicht verzerrte sich vor Spannung. „Der Kerl, der jetzt spricht, mag auch ein Bengel sein — aber er ist teufelsgescheit, so, wie er seine Worte setzt!"

„Aber da hört ihr's: Charivari ist tot — die Besatzung im ‚Monitor' war auf seine Lenkung angewiesen!" triumphierte der Raumfahrttechniker Dirk Luns.

„Ich möchte nur wissen, was das Gerede über diesen Gedankenstrahler soll!" überlegte Chef-Astro Dr. Muller. „Wahrscheinlich wissen die mit den Geräten nicht Bescheid, zumindest kennen sie die richtigen Bezeichnungen nicht."

Aber jetzt kam die Stelle, an der Superhirn die Bilder betrachtet hatte: „Chef-Astro Dr. Muller — der tückischste Verräter ... Professor Viechsbrunn — ein ungemütlicher Mann ..."

„Schluß!" tobte Viechsbrunn. Er schlug mit der Faust auf das Bandgerät. „Wer auch immer im ‚Monitor' sitzt, dem werde ich es zeigen! Wir kriegen die Bande, wir kriegen sie! Und wenn ich mich in ein Triebwerk verwandeln müßte!"

„Triebwerk!" sagte Chef-Astro Muller eiskalt. „Als Systemspezialist würde ich mich erst einmal daranmachen, das ausgefallene Triebwerk zu reparieren! Los, an die Arbeit! Nehmen Sie sich Smith, Krachuwitsch und Luns mit, Viechsbrunn...!"

Muller trat mit Dr. Dr. Capuso an den Himmelsvisor, während die übrigen Piraten sich im Freizeit-Center des „Meteor" vergnügten.

Im Kommandoraum fragte Dr. Dr. Capuso den Chef-Astro: „Was machen wir mit ‚Monitor', wenn unser Triebwerk wieder heil ist?"

„Wir führen ihn in die Irre", erwiderte Muller eiskalt. „Mir wird schon etwas einfallen. Soll die Bande auf dem

Sirius oder auf einem unbekannten Planeten landen! Inzwischen überfallen wir Enrico Charivaris Unterwasserstation. Da liegt ja auch ein besseres Raumschiff in seiner Meeresbodengarage, nämlich der ‚Rotor'. Den müssen wir kriegen..."

Auf dem achten Erdumlauf war im „Monitor" noch immer nichts davon zu erkennen, daß das Meutererfahrzeug seinen Kurs ändern würde.

„Die Reparatur macht ihnen Schwierigkeiten", meinte Superhirn. „Trotzdem müssen wir auf den nächsten Alarm gefaßt sein. Ich schlage vor, zwei von uns halten im Kommandoraum Wache, die anderen hauen sich aufs Ohr."

Superhirn überprüfte die Sicherheitsvorkehrungen, dann wies er Gérard und Prosper in ihre Aufgaben ein und zog sich mit Henri in eine der Doppelkabinen zurück. Tati, Micha und Loulou suchten die Kojen im Nebenraum auf. Der Zwergpudel streckte sich behaglich auf der Liege aus.

„Ob es gut ist, Prosper und Gérard allein im Kommandoraum zu lassen?" wisperte Henri. „Schön, es ist alles abgesichert, wir fliegen in Alarmbereitschaft. Und wenn sich ‚Meteor' zum Ankoppeln nähert, tritt automatisch Hochalarm ein. Das haben wir erlebt. Aber..." Er zögerte.

„Aber?" wiederholte Superhirn ernst.

„Prosper und Gérard wissen nichts von Professor Charivaris Tod", murmelte Henri. Ebenso wie Tati und Micha."

Superhirn rieb sich die Nase. „Du meinst, Gérard und Prosper wird es sonderbar vorkommen, daß der Telepathor so lange nicht in Betrieb war? Sie könnten an dem Ding herumfingern und Verdacht schöpfen, falls es nichts ausstrahlt?"

„Eben!" nickte Henri.

Auch Superhirn nickte. „Ist mir klar. Es muß immer ein Eingeweihter mit im Kontrollraum sein. Leg dich jetzt hin, ich schicke dir Prosper. Dann schlafe ich eine kleine Runde und stecke Gérard in die andere Koje, während du mit Prosper im Kommandoraum bist. Ich wollte sowieso gleich wieder nach vorn, aber ich mußte erst mit dir sprechen. Selbst wenn wir den beiden die größte Sicherheit vorgaukeln, ich sorge mich vor allem um Tati und Micha. Der Kleine wird bestimmt durchdrehen, wenn er den Professor nicht endlich wieder auf dem Bildschirm sieht. Und wenn Tati mißtrauisch geworden ist ... Du weißt, Mädchen sind schlau! Die können die reinsten Hellseher sein!"

„Spiel ihnen vor, daß du Charivaris Gedanken im Telepathor empfängst", meinte Henri.

„Es wird mir nichts anderes übrigbleiben", seufzte Superhirn.

Und richtig: Es war während der elften Erdumkreisung — da kam Micha in den Kommandoraum gestapft und verlangte entschieden, den Professor auf dem Bildschirm zu sehen oder, wie er sich ausdrückte, seine Gedanken zu lesen.

Die anderen saßen bereits wieder in ihren Sesseln. Henri hatte den Platz des Bordkommandanten inne, Superhirn den des Flugingenieurs.

„Nimm das Telepatsch-Rohr — oder wie das Ding heißt", krähte Micha, „und ruf den Professor an! Loulou hat seit Stunden keinen Hundekuchen gehabt, nur immer so feine Sachen, die bestimmt nicht gesund für ihn sind! Ich will den Professor fragen, ob es nicht Kraftfutter für Hunde an Bord gibt!"

„Später, später", sagte Superhirn. „Loulou sieht prächtig aus. Er fühlt sich pudelwohl!"

„Aber ich fühle mich nicht wohl, wenn ich den Professor nicht sehe", jammerte Micha. „Stell wenigstens die dumme Gedankenmaschine an, sonst habe ich es satt!"

Widerwillig zog Superhirn den Gedankenstrahler heran. Er glaubte ja, daß eine Verbindung mit dem Professor nie mehr zustande kommen könne.

„Seid still!" heuchelte er. „Ich stelle meine Gedanken jetzt ganz auf Charivari ein!"

Wie konnte er ahnen, daß der Täuschungsversuch, zu dem der kleine Micha ihn zwang, ein Lebenszeichen des Professors bringen würde?

Die Gefährten sahen, daß Superhirns Augen starr wurden. Und Superhirn glaubte sich selber nicht zu trauen. Er hatte auf einmal eine Vorstellung von Professor Charivari — mehr noch, der Professor schien inständig an die „Monitor"-Besatzung zu denken, bevor noch Superhirn seine eigenen Gedanken gesammelt hatte.

Das war in dem Moment, als Charivari mit dem Minister und dessen Gefolge im Hochmoor über der geheimen Bodenstation stand und die angeknackste Behelfsbrille vor die Augen hielt. Superhirn erwachte schnell aus seiner Verblüffung und meldete: „Hier ist Superhirn aus ‚Monitor' auf elfter Erdumlaufbahn. Kampf mit ‚Meteor' auf zweiter und dritter Umlaufbahn bestanden ... Wir dachten, Sie sind tot!"

Worauf Charivari drunten seine Gedanken richtig herausgeschrien hatte: „Nein! Ich lebe! Ich lebe, aber ich kann mich nur noch telepathisch mit euch verständigen. Hört ihr?"

„Ja!" dachte Superhirn angestrengt. „Ja! Aber in Ihre Gedanken mischen sich andere Eindrücke, Professor! Sind Sie nicht im Inneren der Bodenstation? Es scheint, als spukten viele Gestalten durch Ihren Kopf — Soldaten, Polizisten, der Bauer Dix! Einer der Männer sieht aus wie der Innenminister! Auch gibt der Telepathor schwache Eindrücke von technischen Dingen: von Militärautos, Funkpeilwagen, Hubschraubern ..."

Doch darauf kam keine Antwort. Der Professor mußte den Gedankenverkehr rasch eingestellt haben.

Superhirn sank erleichtert in den Sessel zurück. „Charivari hat sich gemeldet", sagte er. Es war, als fiele ihm ein Stein vom Herzen, und Henri sah ihm an, daß er nicht log, sondern daß aus dem Täuschungsversuch für Micha eine gänzlich unerwartete Überraschung geworden war, die sie wieder hoffen ließ ...

Die Eindrücke, die den Professor bewegten und die er zwangsläufig mit übertragen hatte, behielt Superhirn lieber für sich. Für eine Erklärung wäre ihm auch keine Zeit geblieben, denn ausgerechnet jetzt, auf der zwölften Erdumlaufbahn, zündete „Meteor" unversehens wieder und durchbrach aufs neue den Sicherheitsabstand. Die Piraten griffen zum zweiten Mal an!

„Gleich auf Hochalarm gehen!" befahl Superhirn. „Wir wollen diesmal nichts riskieren!"

„Die Instrumente benehmen sich wie toll!" rief Gérard. „Und warum ist auf dem einen Schirm so ein unheimliches Sichtzeichen?"

„Sieht aus wie ein Gespensterkopf!" schauderte Tati.

„Ein Warnzeichen — es tut dir nichts!" rief Henri. „Es ist wie eine Lichtreklame!"

Rein äußerlich betrachtet, hatte Henri recht. Doch die Bedeutung des gruseligen Zeichens kannte niemand.

„Stichworttaste drücken!" schrie Superhirn, der wieder an der Handsteuerung im Cockpit saß.

Doch in diesem Moment geschah es: Mit unerhörtem Schub hatte das Piratenschiff den „Monitor" angesteuert. Plötzlich gab es einen kleinen, kaum merklichen Ruck — auf einmal verlor die „Monitor"-Besatzung den Boden unter den Füßen oder die Polster unter ihrer Sitzfläche und schwebte schwerelos durch den Kommandoraum.

Auch für Superhirn war alles so rasch und unerwartet gekommen, daß er die Steuerung losgelassen hatte. Schräg ruderte er in der Luft des Kommandoraums zwischen Cockpit und Befehlsplatte herum. Eine unbedachte Bewegung — die Brille rutschte ihm von der Nase, doch sie fiel nicht zu Boden, sondern schwebte im Raum.

Ebenfalls mitten im Raum schwebend, bellte Loulou hilflos. Er winselte sein in der Luft schwimmendes Herrchen an, dem aber die Sprache vergangen war. Tati ruderte in ihrem Hosenanzug hoch über dem Fußboden herum, als hätte sie im Ballett einen Engel besonders echt darzustellen. Prosper hing wie eine Vogelscheuche dicht unter der Decke. Gérard versuchte, sich an einen Sessel zu klammern.

„Hilfe ...", japste Prosper. „Hilfe ... Was ist los? Was ist bloß los? Ich schwebe, habe aber trotzdem das Gefühl, daß ich falle!"

„Durch den Angriff fiel die künstliche Schwerkraft aus", ächzte Superhirn. Er wußte: Schweben bei gleichzeitigem Gefühl des Fallens war hierfür typisch. Wissenschaftler hatten Schwerelosigkeitsversuche mit beliebigen Personen angestellt und sich diese sonderbare Fallangst von ihnen schildern lassen. Verzweifelt ruderte er durch die Luft, um seine schwebende Brille zu erreichen. Dabei berührte er nur kurz mit der Fußspitze einen Sessel. Sofort schnellte er hoch und bumste mit dem Kopf gegen die Decke des Kommandoraums.

„Was ist ausgefallen?" jammerte Micha.

„Die Anziehungskraft", keuchte Henri. „Die Anziehungskraft, die uns bisher auf dem Fußboden hielt. Jetzt gibt es kein Oben und kein Unten mehr, wohin man etwas fallen lassen kann!"

„,Meteor' hat eine schwache Stelle in unserer Abschirmung getroffen", meinte Superhirn und griff nach seiner Brille. „Kinder, bewegt euch sowenig wie möglich! Seht, wie Henri es macht! Setzt eure Muskelkraft ganz vorsichtig ein!"

„Ja, wenn schon, wir können doch nicht ewig frei im Raum rumschweben wie Trockenfische im Trockenaquarium!" rief Prosper. Niemand lachte über den Witz.

„Versuch mal, ob du zum Telepathor schweben kannst, Superhirn!" rief Tati. „Du mußt den Professor erreichen!"

Jetzt fiel Superhirn aber dem berühmten Korkenzieher-Effekt zum Opfer. Wenn man im schwerelosen Raum nämlich etwas dreht, einen Hebel, eine Schraube oder ähnliches, so dreht man sich selbst nach der Gegenseite, weil man sein Gewicht nicht gegen das Gerät anstemmen kann. Am besten ist das mit einem Versuch zu vergleichen, auf Schlittschuhen über blankes Eis eine Kiste schieben zu wollen: Wegen der mangelnden Bodenhaftung der Füße wird man von der Kiste richtig zurückgestoßen.

Doch nach einer Weile hatte Superhirn den Trick heraus. Er drehte das Gerät auf Sendung und rief um Hilfe.

Verirrt im All?

Genau zu dieser Zeit stieg Professor Charivari mit dem Sanitäter und dem Fahrer in Marac aus dem Rettungswagen, um ein Zimmer im Hotel „Zu den Drei Enten" zu beziehen, wie es ihm der Bauer Dix geraten hatte. Die telepathische Behelfsbrille hatte er sorgfältig in seine Jackentasche getan. Er folgte dem Wirt die Treppe hinauf und sah sich in dem kleinen, recht gemütlichen Raum um. „Wäre das so recht?" fragte Herr Leclerc eifrig.

Der Professor nickte lächelnd. Er konnte zufrieden sein!

In diesem Hotel wirkte er als „erholungsbedürftiger alter Gelehrter" bestimmt unverdächtig! Wer ihn hier sah, würde niemals auf die kühne Idee kommen, er sei der Leiter einer geheimen unterirdischen Weltraumstation.

Hier konnte, hier mußte er den Abzug der Spürkolonnen aus dem Hochmoor abwarten. Inzwischen würde er sich erholen und zu Kräften kommen.

Ja, das war die beste Lösung, die einzige Lösung!

Solange die Männer über der Station herumliefen, konnte er dort sowieso nicht hinein. Außerdem hatte er ja die telepathische Behelfsbrille!

Erleichtert aufseufzend, legte er sich so, wie er war, auf das Bett.

„Empfehle mich!" dienerte Herr Leclerc. „Meine Frau wird sich um alles kümmern!"

„Danke, danke, mein Guter", ächzte Charivari, der kaum erwarten konnte, daß der Wirt ihn allein ließ. „Zunächst brauche ich Ruhe, nichts als Ruhe."

Herr Leclerc verschwand.

Sofort holte der Professor die Brillenteile aus der Tasche, setzte das angeknackste Gestell auf die Nase und hielt sich das herausgebrochene Glas vor das linke Auge.

So, nun war er allein. Keine äußere Einwirkung wie der Trubel im Hochmoor mischte sich in seine gezielten Gedanken.

„‚Monitor'!" sendete er. „‚Monitor', melden! Superhirn, ist alles in Ordnung? Was macht Micha? Wie geht es dem Pudel? Irgendwelche Anzeichen von Raumkoller vorhanden?"

Es vergingen qualvolle zwanzig Minuten, bis Charivari Superhirns Antwort in seinem Gehirn spürte.

„Hier ‚Monitor'", drang es durch die telepathische Brille. „Hier Flugingenieur Superhirn. Zweiten Angriff der Meuterer überstanden — immer noch auf Erdumlaufbahn — brauchen dringend Ihre Hilfe . . ."

Der Professor fuhr hoch und setzte sich auf den Bettrand. Er rückte das kaputte Brillengestell zurecht und hielt das einzelne Glas dichter ans linke Auge.

„Was ist?" strahlte er aus.

„Wir schweben im Kommandoraum herum", kam Superhirns Antwort. „Nach ‚Meteors' letztem Angriff merkten wir einen leisen Ruck, danach verloren wir den Boden unter den Füßen und hoben uns von den Sesseln!"

„Die künstliche Anziehungskraft im ‚Monitor' fiel durch den Angriff aus!" gab Charivari eilig zurück. „Versucht, in den Geräteteil zu gelangen. Dort ist eine rote Sicherung! Wenn ihr den Knopf wieder hineindrückt, funktioniert die Anziehungskraft wieder! Seht aber zu, daß ihr vorher einen Halt erwischt, sonst stürzt ihr wie die Säcke auf den Boden, wenn die Schwerkraft jäh wieder da ist!"

Die zwanzig Minuten, die der Professor nun zu warten hatte, vergingen womöglich noch qualvoller.

Endlich meldete Superhirn: „Hier ‚Monitor'! Alles in Ordnung — wieder mit den Füßen auf dem Boden!"

Superhirn wollte nun alles über die letzten Stunden erfahren. Charivari setzte ihn genau ins Bild.

„Ich habe zur Zeit nichts als eine schadhafte telepathische Brille", ließ der Professor wissen. „Ihr müßt den Gedankenstrahler in kürzeren Zeitabständen einstellen. Und zwar mit dem Verstärker, da meine Behelfsbrille nicht so praktisch und deshalb auch nicht so sicher ist, wie es die Haftschalen waren."

„Verstärker einschalten", bestätigte Superhirn.

„Du weißt ja, er funktioniert nach dem Lautsprecherprinzip", gab der Professor zurück. „Wenn ihr den Metallring um das Lupenglas dreht, verstärken sich meine Gedanken bei euch noch weiter. Dann kann jeder von euch meine Gedanken empfangen — auch der, der nicht in den Telepathor blickt!"

„Verstanden. Was sollen wir mit ‚Meteor' machen?"

Der Professor lauschte zunächst dem Bericht des jungen Flugingenieurs über den beobachteten zeitweiligen Triebwerkausfall nach dem mißglückten Koppelungsversuch.

„Legt das Haupttriebwerk des Piratenschiffs gänzlich lahm!" befahl er. „Die Stichworttafel wird euch über die Maschinenstimme Auskunft geben, was ihr zu tun habt, wenn ihr das Wort Raumkampf stehen laßt. Die Piraten werden dann hilflos um die Erde kreisen, bis man sie herunterholt. Das wird mein Bruder mit Raumschiff ‚Rotor' von der Unterwasserstation aus besorgen. Wenn es soweit ist, bekommt ihr weitere Befehle!"

Superhirn mußte jetzt genau wissen, was zu tun war. Charivari hatte nichts vergessen, und schon hoffte er, daß nun alles nach Plan gehen müsse. Leider verhinderte ein dummer Zufall, daß der Professor Superhirns Antwort noch aufnahm. Diese Antwort war beängstigend genug:

„Professor! — Professor! — Stichworttafel auch ausgefallen — Taste funktioniert nicht! Tafel bleibt leer! Maschinenstimme meldet sich nicht! Wie können wir Haupttriebwerk der Piraten lahmlegen?"

Sekundenbruchteile, bevor diese Schreckensmeldung kam, und als Charivari die Brille noch vor den Augen hatte, um Superhirn die letzte Anweisung zu geben, flog die Tür des Hotelzimmers auf.

„Also, da ist der berühmte Gelehrte aus dem Hochmoor!" dröhnte eine mächtige Stimme.

Über die Schwelle stürmte ein dicker, schnauzbärtiger Mann, dessen runde, helle Äugelchen den Professor neugierig anblickten.

„Ich bin der Arzt von Marac", rief er. „D e r Arzt, sagte ich, denn es gibt mehrere, aber das sind Pfuscher und keine richtigen Doktoren. Also, Sie sind der Einsiedler aus der Hütte? Professor Doktor Netto oder Blanco Charivari — oder vielleicht Bancrotto?"

„Brutto, Brutto", verbesserte Charivari sanft. Nach dem ersten Schreck hatte er sich sofort wieder in der Gewalt. „Professor Doktor Brutto Charivari, ja. Gesteinsforscher. Richtiger: Spezialist für die Alterserforschung von Steinen. Aber was verschafft mir die Ehre, Herr Doktor — Doktor..."

„Pont!" rief der Schnauzbärtige. Er warf seine Arzttasche auf den Schreibtisch und ließ sich in den Sessel plumpsen. „Pontpont Pont, wenn Sie es genau wissen wollen — haha — mein Scherzname in Marac! Die Leute lieben mich sehr! Nun aber mal Spaß beiseite, Professor! Die Wirtin hat mich angerufen. Ich hörte da was von Rettungswagen, Innenminister, Ohnmacht unter den Trümmern Ihrer Hütte — lauter krauses Zeug. Die Vorfälle im Moor müssen Sie arg mitgenommen haben!"

„Ein Wirbelsturm, nicht der Rede wert", erwiderte Charivari lächelnd. „Was da draußen alle Welt alarmiert hat, soll ein fremdes U-Boot gewesen sein, das mit Übungsraketen schoß. Ich denke, man wird sich bald beruhigen. Der Vizeadmiral hat sich schon über das alberne Theater im Hochmoor geärgert."

„Soso!" grunzte der schnauzbärtige Arzt. „Wie dem auch sei — Sie haben jedenfalls etwas abgekriegt, Professor. Das sehe ich!"

Er versorgte die Platzwunde an der Stirn. „Die ist nicht das Schlimmste. Aber immerhin waren Sie bewußtlos, wie ich hörte — nun, es ist ja schließlich auch kein Kartenhaus gewesen, das da über ihnen einstürzte. Ihre Gesichtsfarbe gefällt mir nicht. Hatten Sie bis jetzt noch keinen Hunger?"

„N-n-nein...", gab Professor Charivari zögernd zu. Er war so sehr mit Wichtigerem beschäftigt gewesen, daß er an seinen Magen überhaupt nicht gedacht hatte.

„Ha!" rief der Arzt fast triumphierend. „Ein sicheres Anzeichen für einen starken Schock! Sie sind total durcheinander, werter Professor, total! Ihre äußere Ruhe täuscht mich nicht darüber hinweg, mich nicht, nicht den Arzt von Marac!"

„Ihre Bemühung ist sehr freundlich", lächelte Professor Charivari. „Ich brauche nur ein wenig Ruhe, und ich bin davon überzeugt, daß weder ich noch die Wirtin heute abend über meinen mangelnden Appetit klagen werden!"

„Schön!" Der Arzt erhob sich und öffnete seine Tasche. „Haben wir irgendwo ein Wasserglas? Ja, da — im Halter am Waschbecken. Einen Moment — so ..." Er nahm das Glas, träufelte aus einem Fläschchen mehrere Tropfen einer stark duftenden Kräuterarznei hinein, ließ Wasser aus dem Hahn dazufließen und schüttelte das Ganze. „Trinken Sie!" befahl er in seiner rauhbautzig-freundlichen Art. „Das wird Ihnen guttun! Ein Stündchen Schlaf — und Sie erwachen wie neugeboren!"

Der Professor legte das Brillengestell und das lose Brillenglas auf den Nachttisch und griff seufzend nach dem Glas.

„Ärzten soll man gehorchen", sagte er lächelnd. Er tat, als nähme er einen Schluck.

„Holla, nicht schummeln!" rief Doktor Pont. „Trinken, richtig trinken! Sie sind doch kein Kind mehr, Herr Professor, daß Ihnen bitterer Pflanzensaft widersteht! Das Zeug ist sowieso harmlos genug. Wenn Sie's nicht einnehmen, machen Sie alles nur noch schlimmer! Ich bin ja nicht dumm, he? Als ich hereinkam, war ich entsetzt!"

„Entsetzt?" fragte Charivari ahnungsvoll.

„Über Ihren starren Blick!" rief der Doktor. „Sie haben die kaputte Brille vor Ihre Augen gehalten wie ein Menschenaffe ein Spielzeug. Entschuldigen Sie den Vergleich. Aber Sie wirkten wie ein Irrer, Herr Professor!"

Charivari wußte jetzt, daß er dem Arzt nicht ausweichen konnte. Lachend sagte er: „Wenn einem Forscher die Lesebrille kaputtgeht, ist das ein Unglück. Es ist, als zerbräche einem Jäger das Gewehr — oder Ihnen ein ärztliches Instrument. Stimmt, ich war verzweifelt, als ich die Brille betrachtete!"

„Solange sie entzwei ist, können Sie sowieso nicht arbeiten", meinte der Arzt. „Trinken Sie das Säftchen, und schlafen Sie sich erst einmal aus."

Um keinen Verdacht zu erregen, mußte der Professor wohl oder übel den Kräutertrank schlucken.

Es dauerte kaum drei Minuten, und er lag mit friedlichem Gesichtsausdruck tief schlafend auf dem Bett.

„Der Mann muß total erschöpft gewesen sein", murmelte der gute Doktor Pont. Vorsichtig griff er nach dem Gestell und dem losen Brillenglas auf dem Nachttisch.

So — und das bring ich jetzt zum Optiker Long, dachte er. Professor Charivari wird mir dankbar sein, wenn er morgen seine Lesebrille heil zurückbekommt...

Ohne daß Charivari es ahnte, nahm der Arzt — der auf seine Weise nicht weniger ahnungslos war — die telepathische Brille mit sich, die einzige Verbindungsmöglichkeit zwischen dem Professor und der jungen Besatzung des „Monitor"...

Im Raumschiff „Monitor" herrschte große Aufregung über den Ausfall der Stichworttafel und über das neuerliche Schweigen des Telepathors.

„Kaum ist man mit den Füßen auf dem Boden, schon passiert wieder was!" schimpfte Gérard. „Superhirn! Der Professor hat doch Befehl gegeben, den Gedankenstrahlverstärker einzustellen! Vielleicht hast du das Ding kaputtgemacht!"

„Ich habe den Ring in Pfeilrichtung gedreht", erwiderte Superhirn. „Wenn Charivari uns was zu sagen hätte, würdet ihr es jetzt alle merken!"

Plötzlich schlug in der Backbordwand eine Glocke an: „Bing!" Knapp, echolos und schaurig: „Bing — bing — bing — bing — bing..."

„Die Piraten klingeln an der Raumschifftür!" gellte Michas Schrei.

„Quatsch!" brüllte Henri in Michas Geheul und Loulous Gebell hinein. „Das ist ein Warnzeichen! Seht doch — seht!" Er deutete auf eine Stelle an der Wand.

Mit jedem Glockenschlag leuchtete — gräßlich grün auf schwarzem Grund — ein sonderbares Gebilde in einem Rundrahmen auf.

„Eine Schlange", schluckte Micha. „Schlangen-Warnung! Die Pi-pi-piraten werden einen Sack Schlangen auf uns abgeschossen haben!"

„Unsinn!" sagte Henri. „Dieses Zeichen ist ein bestimmtes Symbol ... Verflixt, ich habe es schon hundertmal in den Städten gesehen — aber wo nur und in welchem Zusammenhang?"

„Bing — bing — bing — bing — bing ..." Das Zeichen der Schlange, die S-förmig um einen Stab gewunden war, hörte nicht auf, gespenstisch grünlich zu zucken.

„Moment!" rief Tati. „Die um den Stab gewundene, züngelnde Schlange — Kinder, das ist doch das Sinnbild, das man auf Papier- oder Metallplaketten an manchen Autos sieht! Das Arztzeichen! Symbol der Medizin, nach dem Gott der Heilkunde, Äskulap, benannt — ein Äskulapstab!"

„Fliegen wir etwa schon zwischen den griechischen Göttern rum?" fragte Gérard.

Tati fuhr hoch. „Sieht denn keiner, daß Superhirn leblos über dem Befehlstisch liegt?" rief sie entsetzt. „Jetzt weiß ich, warum das Zeichen dauernd warnt! Es fängt Krankheitswellen auf! Ja, starrt mich nicht so ungläubig an! Ich habe einen Erste-Hilfe-Kursus gemacht, und da habe ich davon gehört: Körperstrahlen können Krankheiten verraten, und zwar die von der Haut ausgehenden Wärmestrahlen."

„Dann ist das ein eingebauter Röntgenapparat?" fragte Prosper, auf die Wand blickend.

„Nein, ein *Thermograph*", sagte Tati hastig. „Superhirn muß eine starke Blutleere im Gehirn haben, wahrscheinlich Überanstrengung ... Prosper, stell das Gerät ab, es wird ja wohl ein Knopf dran sein. Henri und Gérard, bringt Superhirn in seine Koje. Er muß erst einmal liegen!"

Prosper brachte das häßliche Glockengeräusch zum Schweigen und löschte das gespenstische Schlangenbild durch den Druck auf einen Knopf. Die Gefährten waren jetzt alle im Kabinenteil, auch Micha und der Pudel. Prosper wollte ihnen folgen, doch er zögerte unwillkürlich.

Einer mußte ja im Kommandoraum bleiben. Zwar war der Sicherheitsabstand eingestellt, und sie folgten dem Piratenschiff noch immer auf der Erdumlaufbahn, aber der Professor konnte sich über den Telepathor melden.

Unschlüssig blickte Prosper auf den Himmelsvisor. Auf einmal stutzte er: Der kleine Gegenstand, der den verfolgten „Meteor" angezeigt hatte, war weg — statt dessen sah man auf dem Befehlstisch eine riesige, angeschnittene Scheibe ...

Wie rasend drückte Prosper auf die Stichworttaste. Auf der Tafel flimmerten einige Buchstaben auf, aber sie bildeten keine Wörter — die Apparatur schien Wackelkontakt zu haben ... Prosper gab darauf Vollalarm.

„Herkommen!" schrie er. „Alle Mann in den Kommandoraum! Wir landen auf einem fremden Stern! Wir sausen darauf zu und werden zerschellen!"

Totenblaß stand Henri plötzlich neben ihm. Jeder wußte, was der andere dachte: Ausgerechnet jetzt fehlt Superhirn!

Immerhin hatte der kluge Junge nicht umsonst gerade Henri zum Bordkommandanten ernannt. Nach ihm wußte Henri am besten in Raumfahrtdingen Bescheid.

„Wo soll denn auf einmal ein fremder Stern herkommen?" fragte Henri verdutzt. „Ich könnte beschwören, wir waren auf Erdumlaufkurs! Superhirn hätte doch längst etwas bemerkt!" Wie Prosper vorher, so drückte auch er verzweifelt die Stichworttaste.

„Mensch, Prosper", hauchte er. „Wenn das Gebilde da vor uns eine Art Erde mit einer Lufthülle ist, verglühen wir, falls wir nicht den richtigen Eintrittswinkel fliegen!"

„Die Tafel zeigt Wörter an!" meldete Prosper.

Gérard und Micha starrten ratlos auf die Wände.

„Es blinkt und blitzt und zuckt auf allen Geräten", rief Gérard. „So was Dummes, wenn man ohne Funkkontakt und ohne Hilfe von einer Bodenkontrollstation durchs Weltall gurkt!"

„Stichwort ‚Landung'!" schrie Prosper.

Henri drückte die Taste, das Wort blieb stehen, und die Maschinenstimme erklang scheppernd: „Achtung — Lufthülle um Planeten — grüner Zeiger auf Landeuhr muß in Deckung mit rotem Zeiger gebracht werden — es erfolgt automatisch richtige Winkeleinstellung für den Eintritt in die Atmosphäre — Bremsraketen zünden..."

Die Maschinenstimme wurde wackelig und verebbte mit einem scheppernden Geräusch. Wieder hatte das Gerät ausgesetzt. Henri achtete darauf, daß der grüne und der rote Zeiger der Landeuhr genau übereinander lagen. Die Bremsraketen waren gezündet, und nach einer Weile öffnete sich automatisch das Cockpit für die Handsteuerung. Selbstverständlich waren die Hitzeschilde geschlossen. Nur auf dem Panoramabildschirm vorn und auf dem Himmelsvisor konnte man sehen, daß man sich einer Wolkendecke näherte.

„Wir landen auf einem fremden Stern?" rief Micha. Er vergaß das Unheimliche. Der Gedanke schien ihm sogar zu gefallen.

„Ein Weihnachtssternchen wird das nicht sein...", murmelte Gérard.

„Wie konnten wir nur so weit vom Kurs abkommen — und in so kurzer Zeit?" fragte Prosper, der neben Henri im Cockpit saß.

„Das frage ich mich auch", brummte Henri. „Es gibt nur eine Möglichkeit: Die Piraten haben uns zum Teufel sausen lassen!"

Und damit hatte Henri recht! „Meteor" hatte seinen Verfolger abgeschüttelt! Im Raumschiff der Piraten herrschte grimmige Freude. Chef-Astro Dr. Muller grinste kalt vor sich hin, während er den „Monitor" absinken sah.

„Wette, die Instrumente dieser Halbwüchsigen spielen jetzt verrückt", meinte er, wobei er allerdings nur die halbe Wahrheit traf.

Dr. Dr. Capuso, Professor Viechsbrunn und die anderen brüllten vor Lachen.

„Die sind wir los!" wieherte Fadango. „Haha, Professor — mit Ihrem *Narrenpositor* haben Sie die ganz schön in die Irre geschickt!"

„In die Irre?" lachte Viechsbrunn. „Sie meinen, in die Hölle! Haha, hoho — und wir nehmen uns jetzt die Unterwasserstation vor!"

Das Raumschiff löst sich auf

Als Professor Charivari im Hotel „Zu den Drei Enten" erwachte, schien die Abendsonne in den Garten.

Charivari brauchte nicht lange, um sich zu besinnen, wo er war. Er erinnerte sich auch daran, daß der Arzt ihm einen

Schlummertrunk gegeben hatte, damit er nach all den Aufregungen für ein paar Stündchen zur Ruhe käme. Nun, das war nicht zu vermeiden gewesen.

Er tastete auf der Nachttischplatte nach der telepathischen Behelfsbrille — dem Gedankenstrahler, der über das Schicksal des „Monitor" entschied. Ihn durchzuckte es eiskalt.

Soviel er auch tasten mochte — seine Finger glitten ins Leere! Die Brille war weg! Wie von einer Wespe gestochen, fuhr er hoch. Kein Zweifel, das Gestell und das lose Glas lagen nicht mehr auf dem Nachttisch!

Hätte der schnauzbärtige Arzt den Professor jetzt beobachtet — er hätte meinen müssen, sein Patient sei tobsüchtig geworden.

Charivari riß die Nachttischschublade heraus, fand sie leer und ließ sie einfach zu Boden fallen. Er schüttelte Bettdecke, Laken, Kissenrolle, kroch auf der Erde herum, blickte unter das Bett und kehrte Teppich und Läufer um.

„Die Brille!" ächzte er. „Die Brille! Tod und Teufel — ,Monitor' ist verloren ... Ohne die Brille keine Verbindung mit den Kindern!"

Er griff in sämtliche Taschen seiner Jacke und seiner Hose.

Er fand die für „Monitor" so lebenswichtige Brille nicht, nicht einmal das eine herausgebrochene Glas.

„Das kann doch nicht sein!" rief er laut, wobei er verzweifelt die Arme zur Zimmerdecke reckte.

„Was kann nicht sein?" ertönte es mißtrauisch von der Tür her. „Und mit welchen Kindern haben Sie keine Verbindung? Wo sind denn Superhirn und die anderen, die im Hochmoor gezeltet haben?"

Professor Charivari traute erst seinen Ohren und dann seinen Augen nicht. Es war noch hell genug im Zimmer, um zu sehen, daß jemand in der Tür stand.

„Gérard!" rief der Professor. „Du bist es? Wo kommst du — ich, ich dachte, du seist noch im ,Monitor'! Seid ihr gelandet? Wo denn — und wie? Und wo hast du Superhirn, Prosper, Henri, das Mädchen und den Kleinen mit dem Hund gelassen?"

„Sie sind wohl sehr durcheinander?" fragte der stämmige Junge. „Sonst würden Sie mir nicht mit einer Frage antworten, die ich Ihnen gestellt habe! Was führen Sie denn da für einen Affentanz auf? Reden Sie sich ja nicht heraus! Sie haben sich längst verraten! Sie wissen, wo die verschwundene Feriengruppe ist! Sie kennen jeden einzelnen! Sie haben mich Gérard genannt!"

„Ja, bist du denn nicht...?"

„Ich bin Gérards Vetter und sehe ihm allerdings zum Verwechseln ähnlich", erwiderte der Junge. „Darf ich reinkommen und die Tür zumachen? Oder wollen Sie, daß ich die Polizei hole?"

„Nein — äh, ja. Nicht die Polizei. Komm herein, schnell! Und schließ die Tür." Charivari war vollkommen verwirrt. „Also, du bist ein Vetter von Gérard?" Er musterte den stämmigen Jungen mit dem kugelrunden Gesicht: Gewiß ein netter Kerl — nicht weniger nett als sein Gegenstück im „Monitor". Doch der Bursche war mit Mißtrauen geladen.

„Mein Name ist Martin", sagte er. „Ich bin mit dem Rad nach Marac gekommen, um Gérard im Ferienlager zu besuchen. Ein Herr Bertrand und ein Bauer Dix erzählten mir, Gérard wäre mit seinen Schulfreunden Henri und Prosper, mit Henris Schwester Tati und dem kleinen Bruder Micha ins Hochmoor zur Ruine gezogen. Da hätten sie einen Jungen mit dem komischen Spitznamen Superhirn kennengelernt. Und nun sollen sie alle zusammen bei Superhirns Onkel in Monton sein."

„Nun, nun", meinte der Professor. Er versuchte seine Gedanken zu sammeln. „Sie werden dem Bauer Dix eine Nachricht hinterlassen haben."

„Ja, aber sie sind nicht in Monton!" beharrte Martin. „Ich habe heute morgen mit Superhirns Onkel telefoniert. Er weiß von nichts! Dann bin ich zur Ruine gegangen. Und was meinen Sie, was ich gefunden habe?"

„Nun?" drängte Charivari.

„Die versteckte Zeltausrüstung und ein Fahrrad", erwiderte Martin düster. „Der Bauer Dix sagte aber, sie hätten alles nach Monton zu Superhirns Onkel mitgenommen. Und er sagte weiter, daß noch jemand die Feriengruppe gekannt habe, nämlich Sie, Herr Professor! Deshalb bin ich hier!"

„Moment, Moment ..." Charivari setzte sich auf die Bettkante. Langsam gewann er seine Fassung wieder. „Hast du den Suchkommandos im Moor gesagt, was du bei der Ruine gefunden hast?"

„Nein. Die waren anscheinend auf eine Atombombe aus! Blinder Alarm! Ein Riesenquatsch. Außer Herrn Dix hat sich keiner um mich gekümmert. Er nannte mir Ihren Namen, zeigte mir die Stelle, wo Ihre Hütte vor dem Wirbelsturm gestanden hat, und gab mir Ihre Adresse."

„So, und da bist du nun!" Der Professor atmete auf. „Setz dich in den Sessel, Martin. Du bist sicher genauso zuverlässig wie dein Vetter Gérard. Wie die Dinge stehen, kommst du mir wie gerufen. Ich brauche dich!"

„Erst will ich mal wissen ..."

„Du erfährst alles, aber der Reihe nach", unterbrach Charivari.

Er berichtete Martin, wie sein Vetter und die anderen — allen voran Superhirn — ihn gerettet und ihm auf so abenteuerliche Weise geholfen hatten.

Er hätte ein anderer als der Professor Doktor Brutto Charivari sein müssen, um den Jungen jetzt — da er sich wieder völlig in der Gewalt hatte — nicht zu überzeugen. Martin hörte die sanfte, einschmeichelnde Stimme des kahlschädeligen Riesen, dessen Worte und Blicke ihn regelrecht bannten.

Im Zimmer wurde es allmählich dunkel, doch die Augen des seltsamen Professors schienen zu schimmern. Als Charivari endlich von der abhanden gekommenen Brille erzählte, die die einzige Verbindung zum „Monitor" ermöglicht hatte, war Martin weit davon entfernt, das Ganze für Unsinn zu halten.

Aber kein Junge sollte ohne weiteres eine Abenteuergeschichte glauben, mag sie zehnmal aus dem Munde eines Professors kommen! Deshalb sagte Martin: „Ich will sehen, was sich machen läßt. Die Wirtin wird mir sicher erlauben, daß ich mein Zelt im Garten aufbaue. Aber bevor ich der ganzen Sache traue, will ich diese — diese Gedankenbrille finden, sie aufsetzen und ausprobieren, ob ich mich mit den Freunden im Raumschiff verständigen kann!"

Charivari erhob sich rasch. „Das ist es ja! Dazu müssen wir die Brille ja erst wiederhaben! Du mußt mir suchen helfen! Du mußt mir nun helfen herauszufinden, wer mir die Gläser entwendet hat! Wir haben nicht viel Zeit ..."

Nein, der Professor und sein neuer Helfer hatten nicht mehr viel Zeit. Abgeschnitten von jeder Verbindung, einen kranken Flugingenieur an Bord, war „Monitor" auf unbekanntem Boden gelandet.

Zuletzt hatte Henri die Handsteuerung im Cockpit benutzt und eine tanzende Zeichnung des „Monitors" immer auf einem Fadenkreuz gehalten. Dadurch konnte sich das Raumschiff während des Abstiegs selbständig regeln. Der Kursrechner gab die Steuerbefehle an die Landeautomatik weiter. Schließlich zeigte ein Leuchtsignal auf dem Schaltbrett ein waagerecht zum Boden befindliches Raumfahrzeug — den „Monitor" — in Umrissen an. Das Fahrzeug schien auf vielen Beinen zu stehen. Diese Beine, so begriff Henri schnell, stellten Hubtriebwerke auf der Unterfläche des „Monitor" dar.

Henri brachte das Schiff in entsprechende Lage und drückte die Taste. Jetzt stand der „Monitor" auf den Feuerbeinen, die sich langsam, langsam einzogen, das heißt, die Strahlen wurden dünner und kürzer, und das Raumschiff landete weich.

„Landungsvorgang abgeschlossen", seufzte der Bordkommandant. Er wendete sich um. Sein Gesicht war sehr blaß. „Wie geht es Superhirn?"

„Tati meint, er ist vollkommen überanstrengt", meldete Prosper. „Er muß schlafen!"

„Wir brauchen ihn aber!" rief Gérard. „Wir wissen gar nicht, wo wir hier sind! Es kann ein Weltraumungeheuer über uns herfallen, das den ‚Monitor' wie eine Wanze zerknackt! Und wie wollen wir einen Schnellstart ohne Superhirn machen?"

„Ein kranker Flugingenieur nützt uns nichts", meinte Prosper. „Das ist Tatis Ansicht, und ich denke, sie hat recht. Lassen wir ihn wieder zu sich kommen, dann ist er um so besser auf Draht!"

„Ich möchte wissen, was draußen los ist!" verlangte Micha. „Sind wir nicht auf einem anderen Stern? Ein Stern ist bestimmt nichts Schlimmes . . ."

„Du hast doch gehört, daß du dir einen fremden Himmelskörper nicht wie einen Weihnachtsstern vorstellen sollst", meinte Gérard. „Außerdem zeigen dir der Panorama-Frontschirm und die Seitenbildschirme genug!"

„Felsen und Berge", rief Micha. „Ja, die sehe ich! Aber ich kann nicht glauben, daß das alles ist! Man müßte eine Entdeckungsfahrt machen! Wir haben doch ein Auto im Lastenraum!"

„Wir bleiben erst einmal hier drinnen", entschied Henri. „Ich sehe an den Kontrollampen, daß im Inneren des ‚Monitor' alles in Ordnung ist. Die Sauerstoffversorgung funktioniert. Mit der Schwerkraft haben wir auch keinen Ärger mehr."

„Aber was ist mit dem Telepathor? Er steht die ganze Zeit auf verstärkt, und trotzdem hat sich Professor Charivari nicht gemeldet", wandte Gérard ein.

„Ich werde mal versuchen, ob ich eine Verbindung bekomme", sagte Henri. Er setzte sich in den Sessel am Befehlstisch, zog das Glas heran und stellte auf Gedankensendung. Eine halbe Stunde bemühte er sich, den Professor zu erreichen. Vergebens. Erschöpft stellte er den Telepathor wieder auf Hochempfang und beschloß:

„Wir müssen warten, bis Superhirn wieder auf dem Damm ist! Vor allem erst mal essen und schlafen! Etwas anderes bleibt uns nicht übrig!"

Henri, Prosper, Gérard, Tati und Micha — und nicht zuletzt der Pudel Loulou — waren jetzt kaum weniger erschöpft als ihr Flugingenieur, der schon in seiner Koje lag, und als es der Professor bei seiner Ankunft im Hotel irgendwo, weit, weit weg, in Marac, im guten alten Erdteil Europa gewesen war. So taumelten sie in ihre Kabinen und fielen sofort in tiefen Schlaf.

Als Henri erwachte, teilte ihm Tati mit, daß sie — nach Borduhr und Bordkalender — mehr als vierundzwanzig Stunden geschlafen hatten. Das Mädchen sah blitzblank und munter aus. „Ich habe geduscht, meine Sachen durch Schnellwaschmaschine und Schnelltrockner gezogen und sogar meine Haare geföhnt!" meldete sie vergnügt.

Der Bordkommandant gähnte. „Selbst in der Hölle würde ein Mädchen an nichts anderes denken, schätze ich! Hast du Frühstück gemacht?"

„Frühstück ist gut", Tati lachte. „Nach den Sichtbildern zu urteilen, herrscht draußen Nachmittag. Über dieser komischen Mondlandschaft, in der wir stecken, liegt Sonnenschein mit langen Schatten!"

Henri seufzte. „Was das für eine Sonne sein mag? Vielleicht sind wir über ein *Zeitloch* in ein ganz entferntes Sonnensystem geflogen? Aber das kann uns nur Superhirn enträtseln. Wie geht es ihm?"

„Er hat eine Tasse Brühe getrunken und ist wieder eingeschlafen", berichtete Tati.

„Ich denke, in ein paar Stunden wird er sich völlig erholt haben. Aber nun marsch, ins Badezimmer! Die anderen sitzen schon im Speiseraum!"

Die köstlichen Speisen, die die Bordküche hergab, verscheuchten alle düsteren Gedanken. Mit Plastikbeuteln voller Bonbons, Schokolade, Erdnüssen und Keksen kehrten die fünf dann mit Loulou in den Kommandoraum zurück.

„Ich bin dafür, daß wir die Raumanzüge herausholen, aussteigen und die Umgebung erkunden", schlug Gérard vor. „Wir können ja auch das Auto aus dem Lastenraum nehmen oder das kleine Beiboot-Raumschiff. Jedenfalls habe ich keine Lust, in diesem geschlossenen Ding hier tagelang untätig rumzusitzen!"

„Steht der Telepathor noch auf ‚verstärkt'?" erkundigte sich Prosper.

„Ja", sagte Henri. „Ich werde gleich wieder auf Sendung gehen, vielleicht antwortet Charivari jetzt."

Eine Weile herrschte tiefe Stille.

Schließlich schüttelte der Bordkommandant den Kopf. „Nichts. Wenn ich den Strahler auf Empfang stelle, blitzt kein fremder Gedanke in mir auf, keine Antwort des Professors kommt ... Möglicherweise kann er uns auf diese große Entfernung weder empfangen noch erreichen!"

„Dreh den Verstärkerring, so weit du kannst", forderte Tati.

„Schon geschehen", murmelte der Bruder.

„Gérard hat recht", ließ sich Micha hören. „Wir müssen endlich aus dem ollen Raumschiff raus! Ich will den fremden Stern sehen! Vielleicht ist das eine wunderbare Gegend, in der man alles findet, was man sich wünscht!"

„Eine Art Schlaraffenland?" lachte Prosper. „Du hast Nerven, Kleiner! An den Sichtschirmen sind noch keine gebratenen Tauben entlanggeflogen!"

„Wenn sich der Professor nicht meldet, müssen wir abwarten, bis Superhirn aufwacht", sagte Henri entschieden.

Aber da — wo waren auf einmal die Wände des Raumschiffs? Wo befanden sich die Gefährten unversehens?

„Schnee ... Mir wirbelt Schnee ins Gesicht ... Hilfe! Wo seid ihr?" schrie Micha verblüfft.

Und schon brüllte auch Gérard: „Der Wind weht mich weg ... Ich sehe euch nicht mehr ... ‚Monitor' hat sich in Luft aufgelöst ... und überall ist Schnee!"

„Micha!" rief Tati verzweifelt. „Micha! Ich weiß nicht, wo Himmel und Boden ist ... Der Sturm ... Micha, wo bist du?"

„Mir nach!" forderte Henri sie auf. „Ich höre Loulou winseln ... Dahinten muß so was wie ein Wald sein!"

„Halt, halt!" keuchte Prosper. „Es ist auf einmal so dunkel ... Die Nacht kommt verdammt plötzlich hier ... trotzdem sehe ich einen Schatten im Schnee."

„Loulou!" schnaufte Micha.

„Nein — nein ...", stammelte Gérard. „Wölfe! Das da ist nicht Loulou, sondern ein großer Wolf ... Und dahinten ist ein ganzes Rudel ... Ich weiß, wie sie das machen: Sie schwärmen aus, sie umkreisen uns. Es ist hier furchtbar einsam und furchtbar kalt, und sie müssen schrecklichen Hunger haben!"

Ein gespenstisches Heulen, erst aus einer, dann aus vielen Kehlen, bestätigte Gérards Worte.

„Tati!" befahl Henri. „Steig ins Raumschiff und hole alles, was die Küche hergibt, alles, was die Viecher fressen könnten! Wir müssen sie ablenken!"

„Es gibt kein Raumschiff mehr!" rief Tati verzweifelt. „Es muß zerplatzt sein! Wir kriechen durch eisigen Schnee!"

„Steht da nicht noch der Gedankenstrahler?" schrie Prosper.

„Ja, aber es lauert ein großer Wolf davor", wimmerte Micha. „Und wo ist Superhirn? Wo ist Superhirn ..."

Geheimer Start von Basis 2

„Wir müssen die Brille finden", hatte Professor Charivari zu Gérards Vetter gesagt.

„Die Tür zu Ihrem Hotelzimmer war nicht abgeschlossen", erinnerte Martin. „Als ich geklopft hatte und Sie mich nicht hörten, brauchte ich nur auf die Klinke zu drücken ... Und Sie hatten vorher geschlafen, nicht wahr?"

„Ja, ja ...", überlegte Charivari. „Moment — den Arzt, diesen Doktor — Doktor Pontpont Pont habe ich schon nicht mehr weggehen sehen ... Und während ich schlief, hat die Wirtin die Sachen hereingebracht! Komm, wir fragen sie mal. Aber gib acht, ich nehme die Brille immer nur als Lesebrille!"

„Verstehe!" nickte Martin. Sie gingen in die Wirtsstube.

„Ah, Frau Leclerc!" rief Charivari. „Sie sehen, ich bin wieder wohlauf, und ich habe sogar schon Besuch: einen

Jungen, der sich für Gesteinskunde interessiert! Sicher erlauben Sie ihm, sein Zelt im Garten aufzubauen — nun, wir werden sehen ... Ach ja — äh — haben Sie zufällig meine Lesebrille gesehen? Ich meine, ich hätte sie vor dem Einschlafen auf den Nachttisch gelegt. Doch als ich aufwachte, fand ich sie nicht ..."

„Ihre Lesebrille?" Frau Leclerc lachte freundlich-ahnungslos. „Wenn man das Ding überhaupt noch Brille nennen konnte! Der Doktor hat das Gestell mitsamt dem losen Glas zum Optiker gebracht."

„Optiker?" fragte Charivari. Er wußte nicht, ob er einen Wut- oder einen Freudeanfall bekommen sollte. „Dieser Doktor — Doktor Pontpont Pont hat ..."

„... die Brille zum Optiker getragen", lächelte die Wirtin. „Morgen mittag bekommen Sie sie wieder!"

„Morgen?" murmelte der Professor entgeistert. „Morgen!" Und er dachte: Jede Stunde, jede Minute, jede Sekunde ist kostbar!

Doch es half nichts, daß er mit dem Brillengeschäft telefonierte. Der Optiker Long war nicht in Marac. Er und seine Frau waren nach Ladenschluß zu Verwandten in die nächste Stadt gefahren. Sie würden erst nach Mitternacht zurückkehren ...

Gleich am nächsten Morgen stand Professor Charivari im Laden des Optikers. Ein Fräulein im weißen Kittel erklärte ihm höflich, Herr Long säße hinten in seiner Werkstatt und arbeite. Wenn die Brille mittags fertig sein solle, dürfe er nicht gestört werden. Er müsse sich ja auch noch um andere Aufträge kümmern.

Der Professor lief ungeduldig vor dem Ladentisch hin und her, während Martin draußen wartete.

„Mein Herr", sagte das Fräulein. „Es hat keinen Zweck, hier auf und ab zu gehen! Vielleicht warten Sie lieber in einem Café!"

Da ertönte von der Tür her eine wütende Männerstimme: „So, und ich soll wohl auch in einem Café warten, he? Gestern haben Sie mir eine reparierte Damenbrille aushändigen wollen; meine Lesebrille war nicht zu finden! Die Folge? Ich saß wie blind in der Schloßbibliothek! Wo sind meine Augengläser jetzt?"

Der zornige Mann war fast so groß wie Charivari, nur viel breiter. Sein Kopf auf dem kurzen Hals war kantig wie ein Felsbrocken. Und vor seinen Pranken hätte man sich fürchten können.

„Ich bin der Bibliothekar des Grafen Duprechine", stellte er sich dem Professor grollend vor. „Ich soll in dem einsamen Schloß die Bücherei durchsehen. Wie kann ich das ohne Lesebrille?"

Charivari wollte sich mit dem groben Menschen nicht in ein langes Gespräch einlassen, und so ging er schnell zu Martin hinaus. „Junge", sagte er bitter lachend. „Der Herr Optiker Long scheint ein Muster an Promptheit zu sein! Und ich bin nicht der einzige, dessen Brille in seinen Händen ist!"

Doch pünktlich um zwölf Uhr bekam der Professor zwei Augengläser in einer schönen, neuen Fassung...

Im Hotel angelangt, bestellte Charivari Kaffee und Kekse auf sein Zimmer, und als die Wirtin gegangen war, setzte er die Brille hastig auf.

„Nun wollen wir mal sehen, wo ‚Monitor' ist", murmelte er. „Ich hatte Befehl gegeben, den Telepathor zu verstärken, damit die Gedankenströme alle Insassen erreichen könnten."

„Ich möchte mich mit Gérard unterhalten", forderte Martin. „Sie wissen, was ich gesagt habe! Wenn das alles Unsinn ist, hole ich die Polizei!"

„Still!" befahl Charivari. „Ich muß mich konzentrieren!"

Doch er mochte sich konzentrieren, wie er wollte, durch die neugefaßte telepathische Brille drang keine Antwort aus dem Raumschiff in sein Gehirn.

„Was ist?" fragte Martin mißtrauisch. „Ich sitze hier wie ausgestopft, der Kaffee ist längst kalt, ich wage keinen Keks zu kauen, um Sie nicht zu stören, und Sie machen ein Gesicht, als stimmte etwas nicht mit der Brille!"

„Mein Gott!" rief Charivari und sprang auf. „Das ist ein Gedankenstrahler, ein Strahler und Empfänger... Ich müßte längst einen Gedanken von Superhirn, Henri, Gérard oder von Tati oder Micha aufgenommen haben! Ich verstehe das nicht!"

„Na, dann gute Nacht!" sagte Martin finster. „Vielleicht kann die Polizei einen Gedanken von Ihrem komischen Raumschiff empfangen! Ich gehe jetzt!"

„Bleib!" rief Charivari. „Warte . . ."

Er zog hastig sein Notizbuch hervor und blickte durch die Brille auf eine beschriebene Seite.

„Dachte ich es mir doch! Das sind nicht meine telepathischen Gläser! Das ist eine stark vergrößernde, ganz normale Lesebrille! Verflucht — der Optiker hat mir eine falsche Brille gegeben!"

„Und wer hat die richtige?" fragte Martin.

Ja, wer hatte Charivaris telepathische Brille?

„Essen wir erst einmal", sagte der Professor düster.

Doch schließlich, als Martin die dritte Portion Süßspeise vertilgt hatte und es draußen schon fast dunkel war, kam Charivari der rettende Einfall.

„Dieser Bibliothekar!" zischte er Martin zu. „Der Büchermann! Wo war der her? Richtig: Aus dem Schloß des Grafen Duprechine! Der hatte seine Brille ja auch beim Optiker. Long wird ihm meine — und mir seine gegeben haben! Los, wir müssen sofort zum Schloß!"

Der Weg zum Schloß Duprechine war weit. Der Bibliothekar hatte ein Auto benutzt, Charivari und Martin aber gingen zu Fuß. Als das düstere, von verwilderten Hecken umgebene Gebäude vor ihnen auftauchte, war es eine Stunde vor Mitternacht.

„Der Mann hat im Laden gesagt, er ist allein im Schloß", flüsterte der Professor. „Aha — und da ist noch Licht. Das scheinen die Bibliotheksräume zu sein. So ein Bücherwurm arbeitet meistens nachts."

Sie blickten durch hohe Fenstertüren in das Innere des Schlosses. Da saß der breite, stämmige Mann in einem Sessel vor einem Riesenregal und las ein Buch.

„Warum klingeln wir nicht am Tor?" fragte Martin.

„Weil ich sehen will, wie dieser Mensch die Brille aufhat", erwiderte Charivari.

„Hm. Er trägt sie weit vorn auf der Nase, ein Zeichen dafür, daß sie nicht stark genug für ihn ist. Er muß sich mächtig konzentrieren, aber das hat er lieber in Kauf genommen, als noch einmal zum Optiker zu gehen. Scheint ein sehr eigenwilliger Mensch zu sein!"

Der Professor klopfte an die eine Fenstertür. Er und Martin sahen, wie sich der massige Bibliothekar erhob. Schwungvoll riß er den Türflügel auf.

„Wer ist da?" dröhnte seine Stimme durch die Nacht. Dann erkannte er im herausdringenden Lichtschimmer, wen er vor sich hatte.

„Ach! Sie sind es? Der Mann, dem ich in dem Brillengeschäft begegnet bin? Was wollen Sie denn so spät hier? Noch dazu mit einem Jungen! Meinen Sie, ich hätte Lust, mit Ihnen Karten zu spielen?"

„Auf ein Wort, Herr Bibliothekar", sagte der Professor. „Wenn wir einen Moment eintreten dürften? Danke. Der Junge hat mich begleitet, weil ich nicht so gut zu Fuß bin!"

„Dann hätten Sie fahren sollen", erwiderte der massige Bibliothekar ärgerlich. „Und zwar bei Tage. Übrigens sehen Sie sehr beweglich aus — für Ihr Alter. Also, was gibt es! Fassen Sie sich kurz, wenn ich bitten darf. Ich vergeude nicht gern meine Zeit!"

„Eben davor wollte ich Sie bewahren", sagte Charivari. „Es ist nämlich Zeitvergeudung, sich mit einer fremden Brille herumzuquälen — und sie dann doch zum Optiker zurückbringen zu müssen!"

„Brille?" fragte der Bibliothekar wütend. „Ich will nichts mehr von Brillen hören! Dieser Long ist ein Idiot! Erst hat er mir eine Damenbrille andrehen wollen, und nun gab er mir die her! Ich sehe damit zwar nicht allzugut, aber es geht!"

„Mit dieser wird es besser gehen", lächelte der Professor, indem er ihm die vertauschte hinhielt. „Dies ist die richtige! Und Sie haben meine auf der Nase!"

„Herr!" rief der Mann. Sein Kinn schob sich vor, und sein Brustkorb schwoll wie der eines Preisringers. „Wollen Sie mich zum Narren halten? Mitten in der Nacht soll ich mir wieder eine Brille verpassen lassen, womöglich eine Schielbrille, he? Machen Sie, daß Sie davonkommen!" Dabei schwenkte er das Buch, in dem er gelesen hatte.

Blitzschnell erkannte der Professor zweierlei:

Die ungeheure Energie dieses massigen Mannes und eine Gefahr, die aus dem Buch kam, zusammen mit der Tatsache, daß er die telepathische Brille trug.

„Was lesen Sie da?" herrschte er den Bibliothekar an. Auf einmal klang seine Stimme nicht mehr freundlich. Martin bemerkte zu seiner Verwunderung, daß Charivari plötzlich viel gefährlicher als der Bibliothekar wirkte. Ehe der begriff, was das zu bedeuten hatte, riß ihm der Professor die Brille von der Nase und das Buch aus der Hand.

„Wölfe in der Winterwildnis", las Professor Charivari. Er schleuderte den Band weit von sich. „Hier ist Ihre Brille, Herr Bibliothekar, die richtige Brille! Sie sollten ein Buch mit so kleiner Schrift nicht mit einer falschen Brille lesen ... Komm, Martin!"

Eilig liefen sie zur Straße.

„Ich begreife nicht ...", keuchte Martin.

„Daß ich das Buch weggeschleudert habe? Ich tat es mehr vor Schreck", unterbrach der Professor. „Das mit der kleinen Schrift war eine Ausrede, aber der Kerl wird sie glauben, wenn er durch seine richtige Brille guckt. Ich meinte etwas anderes: Wenn die andere Brille wirklich meine telepathische Brille ist, so hat der Mann — ohne es zu wissen — die ganze Zeit eine grausige Geschichte durch die besonderen Gläser in sich aufgenommen, sich Wölfe vorgestellt und die Gedanken unwillkürlich durch die Strahler wieder von sich gegeben. Wenn im ‚Monitor' nun der Gedankenverstärker eingestellt war, werden alle Gehirne der Insassen von der Wolfsgeschichte überflutet worden sein!"

Der Professor wartete nicht erst, bis sie wieder in Marac waren. „Dort ist eine Bank", sagte er. „Setzen wir uns! Sei

still, und stör mich nicht! Ich will ‚Monitor' anstrahlen ... Hoffe mit mir, daß dies nun endlich die richtige Brille ist!"
Er starrte in den fahlen Nachthimmel.
„‚Monitor!" dachte er inständig, „‚Monitor', melden! Hier Professor Charivari ..."

Auf ihrem unbekannten Landeplatz traf Henri, Prosper, Gérard, Tati und Micha dieser Anruf wie ein Schlag.
„Verflixt, wo sind wir denn?" stammelte Henri.
„Das möchte ich auch wissen", rief Prosper.
„Wette, ich hatte eben noch kalte Füße", staunte Gérard und sah sich um. „Da ist Tati — und Micha — ha, und der Pudel! Mir war, als hätte jemand nach ihm gerufen!"
„Aber Superhirn fehlt!" stellte Micha entsetzt fest.
„Quatsch, der schläft in der Kabine!" sagte Tati und blickte ihrerseits verwundert um sich. „Versteht ihr das? Wir sind im Raumschiff, hocken gemütlich in den Sesseln — mit Bonbontüten und anderem Zeug auf den Knien — und eben noch waren wir in der grausigen Schneewildnis und ..."
„Und wo sind die Wölfe?" fragte Micha bibbernd. „Ich habe bestimmt gehört, daß es Wölfe waren! Sie haben sogar schrecklich geheult!"
Das war der Moment, in dem Charivaris Gedankenstrahl über den Verstärker kam und in aller Gehirne drang.
Tati begriff am schnellsten. „Schluß!" rief sie. „Was auch war — egal! Spürt ihr nicht! Der Professor sendet über Telepathor!"
Jetzt saßen sie wie die Wachsfiguren und lauschten. Die Geschichte, die Charivari mitzuteilen hatte, war lang und merkwürdig. Ebenso lang war Henris Antwort. Henri stellte den Strahler bald auf Sendung, bald auf Empfang, so daß ein Zwiegespräch zustande kam.
„Wir sind auf einem fremden Planeten gelandet, nachdem wir das Piratenschiff auf der Erdumlaufbahn aus der Sicht verloren hatten", meldete Henri. „Die Stichworttafel funktionierte nicht mehr, Superhirn wurde krank, dann erschien ein Teil einer Scheibe auf dem Himmelsvisor. Mit Hilfe

der Handsteuerung gelang mir eine weiche Landung auf einer Felsplatte. Die Außensichtschirme zeigten kahles, teils schneebedecktes Gebirge."

Die Antwort des Professors war verblüffend:

„Unmöglich! Bitte die Daten der Instrumente. Was zeigt der Außendruckmesser? Wie sind die Außen-Anziehungskraftwerte?"

„Was will er?" fragte Prosper.

„Durch die Instrumente erfahren, welcher Luftdruck auf diesem Planeten herrscht und wie seine Anziehungskraft ist", erklärte Henri. Er gab die gewünschten Daten an. Wieder kam die Antwort:

„Unmöglich. Wartet, bis Superhirn wieder auf ist. Bis dahin bleibt im Raumschiff! Versucht weder zu starten noch das Fahrzeug zu verlassen!"

Zuletzt bat Charivari Gérard an den Telephator, um ihn mit seinem Vetter Martin zu verbinden.

Das war eine Überraschung!

„Martin!" jubelte Gérard laut. „Junge, eine tolle Geschichte! Das größte Abenteuer der Welt! Da müßtest du dabeisein!"

„Ich bin ja dabei — nämlich hier unten beim Professor", kam Martins Antwort, die Gérard den anderen sofort weitergab.

Danach meldete sich Charivari noch einmal für den Bordkommandanten Henri. Zuletzt schob Henri das Gerät zurück, nachdem er es wieder auf verstärkten Empfang gestellt hatte.

„Ich könnte vor Freude kopfstehen", rief er, „daß wir endlich wieder mit Professor Charivari in Verbindung sind. Aber eins ist dumm..."

„Was?" fragte Tati.

„Charivari ist unser Landeplatz unheimlich, das habe ich deutlich gespürt!"

„Wegen der Wölfe?" schluckte Klein-Micha.

„Unsinn!" sagte Henri ärgerlich. „Die Wolfsgeschichte ist über den Hochverstärker in unsere Köpfe gedrungen, weil ein Mann von großer Energie das Buch ‚Wölfe in der Winterwildnis' versehentlich mit Charivaris telepathischer Brille gelesen hat. Worum es aber jetzt geht, das ist keine Gehirnspiegelung!"

„Sondern?" fragte Prosper.

„Der Professor hält es für unwahrscheinlich, daß unsere Instrumente die Außenwerte, also Außendruck, Außentemperatur, Außenschwerkraft, richtig anzeigen. Er meint, wir säßen wahrscheinlich auf einem luftlosen, kahlen, fremden Mond, und wenn wir die Luke öffneten, würde der Druckabfall unser Blut sofort zum Kochen bringen, und wir müßten sterben. Wir könnten uns höchstens in Raumanzügen durch die Seitenkammern schleusen."

„Aber die Sichtschirme zeigen ziemlich hohe Bergspitzen an", meinte Tati. „Ich glaubte sofort Schnee zu erkennen! Gibt es Schnee auf einem fremden Mond?"

„Was weiß ich, ich bin nicht Superhirn", erwiderte Henri ungeduldig. „Charivari sagt — und das ist das Wichtigste —, den Piraten sei alles zuzutrauen! Sicher hätten sie so einen Narrenpositor konstruiert, ein Kursablenkungs- oder Irreführungsgerät, dem wir zum Opfer gefallen seien. Haben wir nicht viel zu plötzlich den Rand dieses fremden Himmelskörpers gesehen?"

„Welcher Himmelskörper ist der Erde näher als unser guter alter Mond?" fragte Gérard kopfschüttelnd. „Wir sind doch gar nicht lange unterwegs gewesen!"

„Ich hatte schon mal die Idee — aber Charivari hat sie für unsinnig gehalten —, das Piratenschiff könnte uns über ein *Zeitloch*, eine Zeitschwelle, geschickt haben. Über eine Kosmosgrenze, deren zeitliche Breite unsere Uhren nicht vermerkt haben. Das wäre, als würde man eine Treppe nicht Stufe für Stufe hinaufgehen, sondern an einer Stelle ganz flink drei oder vier Stufen überspringen. Schlechter Vergleich, aber mir fällt kein besserer ein!"

„Du meinst ...", Prosper räusperte sich, „du meinst, wir sind womöglich Lichtjahre weit von der Erde entfernt? ‚Meteor' hat unsere Instrumente zerstört und uns trügerische

Bilder auf den Himmelsvisor und die Sichtschirme gefunkt, die nun wie Fernsehtestbilder unentwegt draufbleiben?"

„So ähnlich", murmelte Henri. „Komisch nur", fuhr er nachdenklich fort, „daß die Außensichtschirme jetzt Dunkelheit anzeigen. Der Professor hat mir befohlen, die Länge der Dunkelheit an unseren Uhren zu messen. Ich soll ihm auch den Sternenhimmel beschreiben, den ich auf dem Himmelsvisor sehe. Vor allem sollen wir warten, bis Superhirn wieder völlig wach und gesund ist."

Schon am Morgen war Superhirn so weit, daß man alles mit ihm besprechen konnte. Er fühlte sich noch ein wenig schwach, doch je mehr ihm Henri berichtete, desto schneller schien er seine Kräfte zurückzugewinnen.

„Ich spreche sofort mit dem Professor", entschied er, wobei er die Verbindung über den Telepathor meinte. Der Professor war ja immer noch nicht in seiner Bodenstation.

„Alle Bordaggregate abstellen!" befahl er danach. „Wir müssen prüfen, ob sich die Instrumente festgerannt haben. — Nein, sie reagieren! Aggregate wieder anstellen! — Henri, gib mir die Werte . . ."

Und Superhirn teilte dem Professor mit: „Außendruck am Innenmesser abgelesen: 760 Millimeter Quecksilbersäule. Prüfanalysator zeigt Zusammensetzung der Außenluft, etwa 21 Prozent Sauerstoff, 78 Prozent Stickstoff und unbedeutende Beimischungen. Fallbeschleunigung des fremden Planeten: 9,81 Meter pro Sekunde im Quadrat. Man müßte hier ohne Raumanzug aussteigen können!"

Professor Charivari befahl dagegen, „Monitor" nur im Raumanzug zu verlassen. Henri, Prosper und Gérard sollten im Luftkissenauto einige Runden um das gelandete Schiff unternehmen.

Während die drei sich eilig umkleideten, probierte Superhirn die Stichworttafel aus. Anscheinend hatte das Ab- und Wiederanstellen der Aggregate den Schaden behoben — die Maschinenstimme meldete sich wieder.

Tati und Micha waren schrecklich enttäuscht, daß sie die abenteuerliche Autofahrt auf dem fremden Stern nicht mitmachen konnten, besonders als die begeisterten Schreie der Erkunder im Bordlautsprecher zu hören waren.

„Kinder!" erklang Henris jubelnde Stimme. „Das ist ein Wolkenritt! Herrlich liegt ‚Monitor' da auf der Felsplatte in der Morgensonne. Und die Schneespitzen der Berge funkeln im Licht!"

„Wir haben die Schutzhelme abgenommen!" hörten sie Gérard. „Eine köstliche Luft — viel besser als auf der Erde!"

„Kann ich bestätigen!" drang Prospers Schrei ins geschlossene Innere des parkenden Raumschiffs.

Seid ihr verrückt! wollte Superhirn schon nach draußen rufen, doch dann schwieg er und blickte auf die Befehlsplatte. „Hm — am Himmel sehe ich Wolkenformationen — Quellwolken, Höhenwolken — hm. Die Berichte der drei von draußen, die Werte der Instrumente und das, was hier sichtbar ist — alles stimmt miteinander überein. Ich werde die Außentüren öffnen, und wir werden ein paar Schritte vor unser Haus treten!"

„Heija, hurra!" schrie Micha.

Wuff, wuff! bellte der Pudel Loulou, als habe er verstanden, daß er seinen Spaziergang heute nicht im Laderaum, sondern im Freien machen dürfe.

Über die Backbord-Seitentreppe verließen Superhirn, Tati und Micha mit dem Hund den „Monitor". In einiger Entfernung sahen sie das Luftkissenauto mit den drei Erkundern dicht über dem Boden hin und her flitzen.

„Aaahhh..."

Tati sog die frische Luft gierig ein. „Viel köstlicher als auf der Erde! Wahrhaftig, hier ist von Umweltverschmutzung noch nichts zu merken!"

Laut bellend hopste der Zwergpudel davon...

Superhirn sah sich prüfend um. „Wir müssen Gesteinsproben sammeln. Ich muß mit einem senkrechten Stab und der Schattenbewegung — im Vergleich mit unseren Uhren herausfinden, wie schnell sich dieser Planet dreht. Mit Winkelmessungen kann ich auch noch sehr viel mehr feststellen."

In diesem Augenblick kam der Pudel zurück. Er war nur kurz hinter einem Felsen verschwunden gewesen.

„Was bringt er denn da im Maul?" Tati kniff die Augen zusammen. Loulou bellte freudig, als er Micha seinen Fund vor die Füße legte.

Superhirn bückte sich rasch und hob das rote, stockähnliche Bruchstück auf. Es war eine Art Ring daran.

Er und Tati tauschten einen Blick.

„Das ...", begann Superhirn mühsam. „Das — das ist das abgebrochene Ende eines ganz gewöhnlichen Skistocks!"

„Und hier ist ein Papierkorb, und dahinten ist ein Skilift, aber der ist jetzt nicht in Betrieb."

In diesem Moment landete das Luftkissenauto neben Superhirn und Tati. Die drei Entdecker sprangen heraus.

„Auf diesem Stern gibt es Bäume!" meldete Prosper atemlos. „Wir müssen unbedingt ein paar Fotos von ihnen machen. Die Naturforscher auf der Erde werden sich wundern!"

„Wundern?" Superhirn lachte so laut, als wäre er niemals schwach und erschöpft gewesen. „Was für Bäume, ihr Helden? Ja — in der Schule ein bißchen besser aufpassen! Das kann nie schaden! Nadelhölzer, wahrscheinlich, nicht? Wenn in deren Rinden auch noch eingeprägt wäre — wie hier auf diesem Skistockteil: ‚Made in USA' — dann hättet ihr wohl eher gemerkt, daß wir nicht auf einem fremden Stern, sondern auf unserer Erde gelandet sind — und zwar, wie es aussieht, auf einer Felsplatte der Rocky Mountains!"

Alle schwiegen verblüfft, und keiner von ihnen hätte zu sagen gewußt, ob nach Superhirns Worten die Enttäuschung oder die Erleichterung größer war.

Ein Hubschrauber vom Aufklärungsdienst der amerikanischen Luftwaffe, der plötzlich über eine Kuppe schnurrte und immer engere Kreise um den „Monitor" zog, beseitigte jeden Zweifel.

„Das Auto auf die Laderampe! Klappe dicht!" befahl Superhirn. „Alle Mann an Bord! Fertigmachen zum Schnellstart!"

Er schaltete die Hubtriebwerke ein, die sie zur Landung benutzt hatten. Einige Meter über dem Boden stellte er sie wieder aus und zündete die Haupttriebwerke.

„Monitor" jagte donnernd davon.

Die Männer im amerikanischen Hubschrauber meldeten ihrer Bodenstation: „UFO gesichtet. Objekt ist gestartet. Schubkraft weist darauf hin, daß es die Erdatmosphäre verlassen wird ..."

An UFOs waren die Amerikaner seit Jahrzehnten gewöhnt. Die Nachricht würde keine Schlagzeile in den Zeitungen machen. Jeden Tag berichtete irgendein „Spinner" der Presse und den Funk- und Fernsehanstalten in allen Teilen Amerikas, er habe eine „fliegende Untertasse", eine „fliegende Zigarre" oder irgendein anderes Ding von einem fremden Stern gesehen.

Sogar die Hubschrauberbesatzung zweifelte daran, daß man ihrer Meldung Glauben schenken würde. Keine Stern-

warte hatte dieses Raumschiff gesichtet, kein herkömmliches Warnsystem hatte es geortet.

Superhirn hatte wieder Verbindung mit Charivari. „Dachte ich es doch!" kam die Antwort. „Euer Stern schien mir gleich sehr merkwürdig. Aber nun paßt auf! Lauft die Unterseestation an, die mein Bruder, Professor Enrico Charivari befehligt! Ich gebe euch bis zur Unterwasserlandung alle Lenkhilfe!"

„Und wenn die Piraten die Station inzwischen erobert haben?" strahlte Superhirn zurück.

„Ich halte das für unwahrscheinlich", ließ der Professor wissen. „Basis 2, also die Unterseestation, hat ein starkes Allzweckraumschiff, den ‚Rotor'. Er ist dem Meutererschiff überlegen. ‚Meteor' hatte Triebwerkschaden, wie ihr festgestellt habt. Wahrscheinlich wollte man euch nur abschütteln, um auf bequemen Erdumkreisungen eine gründliche Reparatur vorzunehmen. Bleibt also auf Erdumlaufbahn."

Nach drei Stunden Bordzeit konnte Superhirn über den Telepathor melden: „Hier ‚Monitor'! Anscheinend haben Sie recht, Professor! ‚Meteor' kreist antriebslos. Ich denke, die Piraten werden alles genau für einen Angriff auf Basis 2 überprüfen. Inzwischen müßten sie sich eigentlich darüber klar sein, was sie wollen ..."

„Ich gebe euch die Zahlen für den Anflug auf Basis 2 laufend durch!" kam Charivaris Antwort. Henri tippte sie in den Kursrechner, der die automatische Steuerung übernahm. Kurze Zeit später flammte das Schild „Anflug" auf. Zugleich empfing Superhirn die Botschaft des Professors:

„Ihr müßt jetzt hundert Meilen von der kalifornischen Küste über Basis 2 im Stillen Ozean sein. Nehmt Bildfunk- und Hörfunkkontakt mit meinem Bruder auf. Das Kennwort für ‚Gut Freund' und ‚Landeerlaubnis im Auftrag Brutto Charivaris erbeten' heißt Terra Nova. Viel Glück!"

„Der Professor ist auf Bildschirm zwei!" schrie Micha begeistert.

Tatsächlich — man hätte glauben können, der Kahlschädel, der sich so unvermittelt auf der Scheibe im „Monitor" zeigte, sei niemand anderer als ihr guter Freund aus Marac. Doch seine befremdete Miene zeigte sogleich: Er kannte die Besatzung des „Monitor" nicht.

Superhirn nannte die Parole und berichtete dem Leiter der Unterseestation knapp von den Geschehnissen.

Fast eisig im Ton kamen nun die Befehle von Professor Enrico Charivari: „Lenkungshinweise von Basis 2 ausführen, silberne Astro-Taste hochziehen, blaue Aquataste drücken. Auf die Sessel setzen! Alle Selbsthilfe unterlassen! Abwarten! Abwarten! Unterwasserlandung geschieht automatisch!"

„Dieser Enrico Charivari scheint längst nicht so nett zu sein wie sein Bruder in Marac", meinte Tati.

„Hoffentlich gehört er nicht auch schon längst zu den Meuterern", überlegte Prosper. „Brüder sind manchmal die schlimmsten Feinde!"

Und schon kam der Befehl über Hörfunk: „Aussteigen! Alle verlassen das Schiff! Wer sich versteckt, wird bestraft!"

„Hier sind wir verratzt!" murmelte Gérard.

Nur Superhirn blieb ruhig. „Abwarten", sagte er.

Als die Gefährten nacheinander durch die geöffnete Tür des „Monitor" die Treppe hinabstiegen, waren sie wie geblendet. Dies sollte eine Unterseestation im Stillen Ozean sein? Es schien ihnen, als seien sie in einer riesenhaften modernen Werkhalle gelandet!

Bevor sie sich genauer umsehen konnten, zog ein großer, schlanker Mann ihre Blicke auf sich. Er trug einen weißen Kittel — und bis auf die Tatsache, daß sein langer Fadenbart nicht lackschwarz, sondern seidig-silbern war, glich sein Kopf dem des Professors Brutto Charivari wie ein Ei dem anderen. Neben ihm standen ein paar Leute in Froschmänneranzügen, allerdings ohne Kappen.

„Was?" rief Enrico Charivari, als er die Ankömmlinge gemustert hatte. „Kein Erwachsener dabei? Na, dann muß es ja schlimm mit meinem Bruder stehen. Haben alle Astros gemeutert?"

„Nur die von Basis 1 bei Marac", berichtete Superhirn. „Von der geheimen Mondbasis liegen keine Nachrichten vor.

Basis 1 mußte Funkstille wahren. Auch wir waren dazu gezwungen, und jetzt ist die Bodenkontrollstation bei Marac außer Betrieb. Wir haben uns mit Ihrem Bruder über einen Telepathor verständigt. Sie sollen das Raumschiff ‚Rotor' klarmachen und ‚Meteor' auf Erdumlaufbahn verfolgen. Wie wir wissen, ist ein Übersteigen möglich. Ihre Leute können die Piraten lebend überwältigen."

„Du sprichst, als seist du der Chef einer Weltraumbehörde", lachte Professor Enrico. „Und was ist das da? Ein Pudel? Hat der auch etwas mitzubellen?"

„Er hat uns als Testhund einen guten Dienst erwiesen" grinste Superhirn.

„Er zeigte uns, daß wir nicht auf einem fremden Planeten, sondern in Amerika gelandet waren!"

„Aber nun seid ihr in meiner Unterseestation", erklärte der Professor herzlich. „Hier könnt ihr bleiben, bis die Basis bei Marac wieder benutzbar ist." Er gab einige Befehle, die den Start des Raumschiffs „Rotor" betrafen. Dann sagte er: „So, nun zeige ich euch erst einmal mein Reich!"

„Wie haben Sie denn die Station unter Wasser abgestützt und mit Luft gefüllt?" wunderte sich Tati.

„Nach der Art einer verankerten Glocke", antwortete Professor Enrico. „Ihr seid mit dem ‚Monitor' unter dem Rand hindurchgeschlüpft."

„Und was machen Ihre Astronauten hier?" wollte Prosper wissen.

„Wir nennen sie Aquanauten, obwohl sie auch hervorragende Astros sind", erklärte der Professor. „Die Station ist weniger ein Raumfahrt- als ein Seelabor. Wir beschäftigen uns mit der Meeresbodenfauna und -flora und mit der chemischen Zusammensetzung des Meeres. Außerdem wissen wir bereits, daß im Ozeanboden wichtige Energiequellen vorhanden sind, wie Kohle und Öl. Auch gibt es Gold, Kupfer und andere Bodenschätze, deren Nutzung der Menschheit dienen würde."

„Was sind das da für Fahrstühle?" rief Micha verblüfft. „Werden damit die Schätze gehoben?"

Professor Enrico Charivari lachte. „Nein. Aber wir werden mal eine Etage höher fahren; ich zeige euch eure Gästekabinen!"

„Kinder, das ist ja hier wie in einem Palasthotel!" wunderte sich Gérard, als sie in ihre Räume geführt wurden. Gewiß, sie waren nicht groß, aber sie enthielten alles, was man brauchte. Es gab sogar Zimmertelefone auf den Nachttischen.

Plötzlich ertönte eine Stimme, offenbar durch Stationslautsprecher: „Professor! Chef-Aquanaut mit ‚Rotor' zur Verfolgung der Piraten startbereit..."

„Ich komme!" sprach Enrico Charivari in ein Wandmikrofon. Zu den Jungen sagte er: „Wir sehen uns nachher beim Essen. Neben jedem Telefon liegt eine Speisekarte. Ruft vorher die Küche an, und bestellt euch, was immer ihr wünscht!"

Die Gefährten verlebten in der Meeresstation sechs herrliche Tage. Es gab eine Sporthalle, einen echten, kleinen Park mit sonnengleichem Kunstlicht, ja sogar ein Unterwasser-Schwimmbecken mit gereinigtem Wasser. Nichts wies darauf hin, wo sie sich befanden. Micha, der sich anfangs vor Haifischen gefürchtet hatte, war bald enttäuscht darüber, daß er nirgends einen sah.

Am Abend des sechsten Tages meldete Professor Enrico — dem Superhirn von dem Telepathor hatte berichten müssen —, daß er in der Unterwassergarage im abgestellten „Monitor" die Gedanken des Bruders empfangen habe. Sie enthielten den Befehl: „Rückkehr nach Marac! Geheime Bodenstation im Hochmoor bald wieder benutzbar."

Superhirn wollte Genaueres wissen. Er fuhr mit dem Fahrstuhl in die Tiefgarage und bediente den Telepathor.

Alsbald meldete sich Professor Dr. Brutto Charivari aus Marac: Der Bauer Dix habe mit seinem Freund Bertrand und einer Pfadfindergruppe ein neues Bretterhäuschen im Hochmoor aufgebaut. Der „obdachlose, alte Gelehrte" könne nun wieder eine eigene Behausung beziehen. Die Spürmannschaften seien auch abgezogen, das Hochmoor liege verlassen wie eh und je.

„Was wird mit den Piraten?" fragte Superhirn an.

„‚Rotor' hat sie noch nicht erwischt! Ihr Bruder empfing nur eine Meldung, daß das Triebwerk des ‚Meteor' wieder in Ordnung sei!"

„Es ist jetzt ‚Rotors' Sache, ‚Meteor' außer Gefecht zu setzen", kam Charivaris Antwort aus Marac. „Ihr habt eure Aufgabe erfüllt, und zwar ganz großartig, ihr Freizeit-Astronauten. Nun schlaft euch noch einmal tüchtig aus — und dann macht euch auf den Rückweg! Martin wartet, und ihr müßt auch mal mit euren Eltern telefonieren!"

Wer von den sechs Freunden freute sich nicht wieder auf Marac?

Zwölf Stunden später saßen sie wieder im Kommandoraum auf den lichtblauen Sesseln. Superhirn blickte auf den Himmelsvisor.

Auf Bildschirm zwei erschien das lächelnde Gesicht ihres neuen Professor-Freundes.

„Fertig zum geheimen Start von Basis 2", meldete Superhirn.

„Viel Glück!" tönte die Stimme Professor Enricos. „Grüßt meinen Bruder, und vergeßt nicht, ihm zu sagen: ‚Rotor' kümmert sich um die Mondstation!"

„Wir fliegen schon!" rief Micha, auf die Kontrollampen blickend.

„Ja, vorläufig durchs Wasser!" grinste Prosper.

Doch schon wurde die Befehlsplatte hell.

„Kinder", seufzte Tati. „Wie freue ich mich auf den Badestrand von Marac!"

„Meinst du, ich nicht?" brummte Henri.

„Mensch, und was ich Martin alles erzählen werde . . .", triumphierte Gérard.

„Daß wir die gute alte Erde für einen fernen Stern gehalten haben, wirst du ihm natürlich nicht verschweigen, nicht wahr?" sagte Superhirn und grinste.

Alle lachten.

Ja, da freuen sie sich nun alle auf die Heimkehr und denken, sie haben ihren Auftrag erfüllt — doch da haben sie sich getäuscht! Aus ihrer Rückkehr nach Marac wird nichts, und es wird auch nicht ihr einziger Auftrag geblieben sein!

Die jungen Raumfahrer werden noch manchen Kampf zu bestehen haben: gegen die Raumpiraten, gegen wildgewordene Roboter, gegen angriffslüsterne Riesenhaie und nicht zuletzt gegen die Pannen ihres steuerlos gewordenen Raumschiffs ...

Wie sie damit fertig werden, das erfahrt Ihr im nächsten Doppelband:

Raumschiff Monitor antwortet nicht!

Wer kennt Käpt'n Konny nicht? Er ist nicht so berühmt wie Francis Drake, und doch kennen ihn Millionen junge Leser. Er hat nicht Kap Hoorn umrundet, und doch sind die Seeabenteuer des Jungen aus dem kleinen Fischerhafen, den seine Freunde nur Käpt'n Konny nennen, aufregend und spannend bis zur letzten Seite. In mehr als sechs Sprachen wurden die Bände der Käpt'n-Konny-Serie übersetzt.

Käpt'n Konny schnuppert Seeluft
Käpt'n Konny in der Klemme
Käpt'n Konny und der Seeteufel
Käpt'n Konny als Pirat
Käpt'n Konny und die Brandstifter
Käpt'n Konnys unheimliche Begegnungen
Käpt'n Konny und die Ölpest
Käpt'n Konny auf geheimer Spur

W. FISCHER-VERLAG · GÖTTINGEN

Gibt's das – oder gibt's das nicht?

Asteroiden sind kleine Himmelskörper, die sich fast alle zwischen den Bahnen von Mars und Jupiter um die Sonne bewegen. Ihre Größe liegt zwieinem und mehreren hundert Kilometern Durchmesser.

Bahndaten sind bestimmte Angaben über eine Umlaufbahn.

Beschleunigung ist die Zunahme einer Geschwindigkeit je Zeiteinheit. Da diese Zunahme immer von einer Kraft verursacht wird, steigt mit der Beschleunigung eine entsprechende Gegenkraft, die sich wie Gewicht auswirken kann. Im Auto empfindest du diese Gegenkraft, die dich beim Beschleunigen in den Sitz drückt und beim Bremsen nach vorn wirft. Diese Gegenkraft kann bei den Beschleunigungen während eines Raketenstarts das Mehrfache des Körpergewichts erreichen.

Bordkoller: Ein Mensch kann auf einem Schiff, in einem Flugzeug „durchdrehen", weil er sich eingesperrt fühlt oder weil ihm das dauernde Beisammensein mit den gleichen Leuten auf engem Raum „auf die Nerven" geht. Astronauten müssen also sehr ausgeglichene, besonnene Leute sein.

Differenztaste: Sie bewirkt die gleichbleibende unterschiedliche Position, also den Abstand, zwischen den Raumschiffen.

Dopplerradar: Eine Autohupe auf der Straße klingt höher, wenn sie näher kommt – und tiefer, wenn sie sich entfernt. Das ist der sogenannte „Dopplereffekt". Ein Dopplerradar sendet Wellen aus, die von den Dingen in der Umgebung zurückgeworfen werden. Ist die zurückgeworfene Welle verändert, so heißt das, daß sie von einem bewegten Ding stammt. Das Dopplerradar stellt diese Veränderung fest und erkennt dadurch, daß sich in seinem Bereich etwas bewegt.

Dynamisches Lesen: Superhirns Erklärungen stimmen. Übrigens hatte der amerikanische Präsident Kennedy eine geschulte „Schnelleserin", die aus Hunderten von Schriftstücken in kürzester Zeit das Wichtigste herauslesen mußte.

Gelator, gelieren, supra-gelieren:
siehe Supergelator.

Geochronologen gibt es wirklich, auch so ein Gerät, wie es der Professor in der Hand hält.

Himmelsvisor: ein erdachtes Gerät, zur Beobachtung des Himmels. Entspricht etwa dem Bildschirm einer Fernsehanlage, deren Kamera durch eine Automatik gesteuert wird.

Künstliche Schwerkraft: Es wäre möglich, daß man damit die Erdanziehung im Raumschiff „ersetzt", um den Zustand der Schwerelosigkeit im All zu vermeiden. Dazu müßte man das Fahrzeug in dauernde Umdrehung bringen. Dabei entstünde eine Fliehkraft, die wieder „Körperschwere" erzeugen würde. Um das zu erreichen, wären allerdings besondere